www.tredition.de

AF197581

Brigitte Paul-Hambrink lebt und arbeitet (als Psychologin) in Ostwestfalen. Seit ihrer Kindheit gehören Lesen und Schreiben zu ihren wichtigsten Kraftquellen. Sie liebt Tiere, Spaziergänge im Wald und am Meer, kreatives Gestalten, Gespräche über spirituelle Themen genauso wie über gesellschaftspolitische und philosophische Fragen. Verschiedene Gedichte, Prosatexte und wissenschaftliche Artikel von ihr wurden bereits veröffentlicht.

Brigitte Paul-Hambrink

Der Mörder irrt sich

Foto Parkbank (S. 139): Brigitte Paul-Hambrink
Bilder: Hund (S. 12)/Tagebuch (S. 167): pixabay
Verlag & Druck: tredition GmbH, Halenreie 40-44, 22359 Hamburg
ISBN
Paperback   978-3-347-02477-9
Hardcover 978-3-347-02478-6
e-Book   978-3-347-02479-3

Prolog

Mit heulenden Sirenen raste der Rettungswagen durch Heeger. Nervös blickte der Arzt auf den Monitor, der die vitalen Funktionen der jungen Frau anzeigte. Blutdruck und Puls bewegten sich in beängstigenden Tiefen. Trotzdem zuckte der Arzt zusammen, als ein schriller Piepton erklang. „Herzversagen!" schrie er.

Der Sanitäter war bereits aufgesprungen. Während er den Kopf der Patientin überstreckte, begann der Arzt mit der Herzdruckmassage. „Jetzt!" schrie er.

Der Sanitäter blies seinen Atem in die Lunge der Frau.

Ihre Rippen brachen unter der Wucht, mit der der junge Arzt immer wieder auf ihren Brustkorb drückte, um ihr Herz zum Schlagen zu bringen, während der Sanitäter weiter versuchte, ihr neues Leben einzuhauchen.

„Komm schon! Komm!" keuchte der Arzt.

Seine Kraft drohte zu erlahmen. Er biss die Zähne zusammen. „Verdammt! Wir sind doch gleich da. Komm endlich zurück!"

Mit aller Kraft drückte er erneut auf ihren Brustkorb. „Eins, zwei, drei ..."

Der Sanitäter legte dem Arzt seine Hand auf die Schulter.

In diesem Augenblick bog der Rettungswagen in die Auffahrt vom Krankenhaus ein.

„Sie hätte nur noch ein paar Minuten durchhalten müssen." Der Arzt wischte sich den Schweiß von der Stirn.

„Der Blutverlust war einfach zu groß", sagte der Sanitäter, „da hätte keiner mehr was machen können."

Der Arzt sah ihn an. „Sie war doch erst 17."

Kommissar Reuter straffte seine Schultern, dann drückte er entschlossen auf den Schalter an der Wandleiste. Mit leisem Surren öffnete sich die Tür zum Vorraum der Seziersäle.

In Saal 4, hatte man ihm gesagt, würde er seine Leiche finden.

Er räusperte sich, als er eintrat.

„Kommen Sie ruhig näher, Reuter", rief ihm die Pathologin gut gelaunt entgegen. „Wir sind gerade fertig geworden."

Der Kommissar näherte sich dem Stahltisch. Ein weißes Leinentuch verhüllte die Leiche der jungen Frau. „Ich brauche nur die Bestätigung, dass sie an den aufgeschnittenen Pulsadern verblutet ist."

„Ist sie nicht!"

„Wie bitte?" fragte Kommissar Reuter.

Schwungvoll schlug die Pathologin das Tuch zurück. Reflexartig trat Reuter einen Schritt nach hinten.

„Sehen Sie die Stichwunden? Hier und hier?"

Überdeutlich sah der Kommissar die vier tiefen Einstiche im Unterleib der Toten. „Mein Gott! Wer hat das getan?"

„Immer dieselben Fragen an mich, die doch eigentlich Sie beantworten müssten. Aber trösten Sie sich. In diesem Fall kann ich Ihnen tatsächlich sagen, wer die junge Frau erstochen hat."

Kommissar Reuter zog erstaunt die Augenbrauen hoch.

Gemächlich breitete die Pathologin wieder das Tuch über die Leiche. „Durch die Stiche wurden Blase, Gebärmutter und Milz verletzt, so dass es zu starken inneren Blutungen kam. Soll ich Ihnen die Organe zeigen?"

Die Pathologin wandte sich zu dem neben ihr stehenden Rollwagen und griff nach einer der Schalen.

„Nein danke, kein Bedarf! Bitte fahren Sie fort."

„Anhand der Stoßrichtung, mit der das Messer geführt wurde, ..."

„Aha, dass es ein Messer war, steht also schon fest", unterbrach Reuter die Ärztin.

„Allerdings, und nicht nur das. Also, wenn Sie mich nun bitte zu Ende reden lassen würden. Anhand der Stoßrichtung lässt sich erkennen, dass sich die junge Frau die Verletzungen selbst zugefügt hat. Erst anschließend hat sie sich die Pulsadern aufgeschnitten, wahrscheinlich mit demselben Messer."

„Also, letztlich doch Selbstmord?" fragte Reuter.

„Exakt! Die endgültigen Ergebnisse ..."

„Kann ich in Ihrem Autopsiebericht nachlesen. Wann?"

Die Pathologin verdrehte die Augen.

„Okay, okay". Reuter winkte ab. „Ich weiß, sie machen so schnell wie möglich!"

„Moment, da gibt es noch etwas, das Sie wissen sollten."

„Ja?" Reuter trat wieder einen Schritt näher.

„Sie hat vor kurzem ein Kind zur Welt gebracht."

„Sie ist doch selbst noch fast ein Kind."

„Stimmt, aber eben nur „fast".“

Eine Woche später wurde die Akte geschlossen.

Obwohl Kommissar Reuter mehrmals mit den Eltern der Toten, ihrem jüngeren Bruder und vielen Menschen in Heeger gesprochen hatte, die sie kannten, gelang es ihm nicht herauszufinden, warum sich die junge Frau auf so grausame Art und Weise umgebracht hatte.

20 Jahre später

Dicke Luft bei den Tierrechtlern

„Also, was steht heute an?" Gabriel sah in die Runde. „Manni, hast du noch mal mit den „Angels" gesprochen? Werden sie auftreten?"

„Alles soweit okay, ich habe mit dem Bandleader telefoniert, er muss nur noch klären, ob sie wieder den Bulli ausleihen können zum Transport der Anlage. Aber das dürfte kein Problem sein."

„Gut! Es haben sich mittlerweile 25 Gruppierungen angemeldet, Infotische, Einzelaktionen, Unterschriftensammlungen und so weiter regelt jede Gruppe eigenverantwortlich. „Veggi-Food" sorgt wieder für das Essen."

„Was meint ihr, wie viel Geld wird zusammenkommen?" fragte Saskia, „die Aktivisten von Arche Noah haben schon zig Anfragen."

Stimmt", pflichtete Antonia, Gabriels Freundin, ihr bei. „Bisher konnten einige Bären ausgewildert werden, aber in den Auffangstationen warten noch jede Menge Tiere. Arche Noah braucht unbedingt Geld, um ein größeres Gelände aufkaufen zu können."

„Grad gestern wurden wieder zwei Tanzbären in Rumänien freigekauft", sagte Manni. „Aber es stehen noch andere Tiere auf den Listen, zum Beispiel Wildtiere, die in Circussen beschlagnahmt wurden und ..."

„Und außerdem gewisse Affen!" Ricky schlug mit der Faust auf den Tisch. „Nur dass die noch nicht mal irgendwo aufgefangen oder beschlagnahmt worden sind, sondern im Kuhnschen Gruselkabinett zu Tode gequält werden!"

„Bitte nicht schon wieder dieses Thema." Saskia verdrehte ihre Augen.

„Bist du nun gegen Tierversuche oder nicht?" schrie Ricky. Angriffslustig starrte er Saskia an.

„Ricky, du bist unfair", mischte sich Antonia ein. „Du weißt genau, dass Saskia gegen Tierversuche ist, wie wir alle."

„Hört jetzt auf. Bitte." Gabriel seufzte. „Ricky, lass uns erst mal weiter unsere Tierrechtsfete planen. Über Professor Kuhn reden wir, wenn die Fete gelaufen ist und wir wieder mehr Luft haben."

Ricky schnaubte verächtlich. „Seit Wochen reden wir nur noch über diese Scheißfete. Als wenn solche Aktionen irgend etwas ändern würden! Jedenfalls nicht für die Affen und Katzen im Versuchslabor der Uni. Ihr wisst genau, dass Kuhn mit seiner Hirnforschung groß rauskommen will und dass er deshalb weiter zig Tiere verstümmeln wird."

„Auf unserer Fete gibt es doch auch einen Infotisch zu den Tierversuchen an der Uni", wandte Saskia ein, „und eine große Unterschriftenaktion. Die Tierversuchsgegner aus Reutlingen haben sogar ein klasse Flugi gemacht."

Ricky sprang auf. „Was du nicht sagst. Ha! Einfach toll! Den Affen, die mit aufgebohrten Schädeln in ihren Primatenstühlen festgeschnallt sind, wird das eine Menge bringen. Ich wette, wenn sie könnten, würden sie euch begeistert Beifall klatschen."

„Ricky, jetzt reicht es aber wirklich!" Antonia sah zu dem großen, schlaksigen Mann hoch, den sie inzwischen seit fast fünf Jahren kannte, so lange war sie mit Gabriel, Rickys bestem Freund, zusammen.

„Ich finde auch, Streit ist im Moment das letzte, was wir gebrauchen können", sagte Gabriel. „Du weißt doch, Ricky, dass die Presse alle gegen uns aufgehetzt hat mit ihren Artikeln über die Drohanrufe bei Professor Kuhn und wegen der Wandschmierereien an seinem Haus."

„Das kann uns am Arsch vorbeigehen", mischte sich Manni ein. „Schließlich haben wir nichts damit zu tun!"

„Seid doch nicht so naiv!" Allmählich geriet auch Antonia außer sich. „Letztlich ist völlig egal, ob wir was damit zu tun haben oder nicht. Die Leute glauben, was ihnen am besten in den Kram passt, und für die sind wir halt exotische Spinner, denen sie alles zutrauen."

„Woran unser lieber Ricky übrigens nicht ganz unschuldig ist", warf Saskia ein und spielte damit auf verschiedene Aktionen an, bei denen sich Ricky zum Beispiel vor dem Eingang eines Schnellrestaurants, das für seine brutalen Aufzuchtbedingungen von Rindern und Hühnern bekannt war, angekettet hatte, bekleidet nur mit einer blutverschmierten Metzgerschürze.

Ein anderes Mal hatte er zusammen mit einem inzwischen nicht mehr zur Gruppe gehörenden Mitglied Teile von Tierkadavern in der Fußgängerzone ausgelegt, um seinen fleischfressenden Mitmenschen drastisch vor Augen zu führen, was sie eigentlich auf ihren Tellern haben.

„Verdammt!" Ricky schlug wieder mit der Faust auf den Tisch.

Erregt sprang Cora auf, Antonias schwarz-weiß-gefleckte Hündin, und bellte.

„Still, Cora, Platz!" Antonia streichelte die Hündin und sprach beruhigend auf sie ein.

Cora stammte aus Portugal. Antonia und Gabriel hatten sie von einer Tierschutzorganisation übernommen, die sich um Straßenhunde in Südeuropa kümmerte. Wie viele andere Streuner auch, war Cora überfahren worden. Tierschützer hatten sie schwer verletzt gefunden. Obwohl sie sofort operiert worden war, hatte man ihre rechte hintere Pfote nicht retten können. Seitdem meisterte Cora ihr Leben auf drei Beinen, und viele, die sie fröhlich herumtollen sahen, erkannten erst auf den zweiten Blick, dass sie behindert war.

Mit großer Liebe und einem fast noch größeren Beschützerinstinkt hing Cora an Antonia.

„Wir hatten ausgemacht, dass wir uns erst mal auf friedliche Aktionen konzentrieren wollen", sagte Gabriel. „Und ich erwarte, dass auch du das respektierst, Ricky."

„Ihr glaubt gar nicht, wie mich das ankotzt." Ricky setzte sich wieder. „Ihr könnt euch auf mich verlassen, aber meine Geduld ist nicht grenzenlos. Notfalls starte ich allein mit der Befreiungsaktion."

Es wird gefährlich für Professor Kuhn

Müde stieg Daniel Kuhn aus seiner dunkelblauen Limousine. Das Garagentor schloss sich leise surrend hinter ihm.

Er öffnete die Verbindungstür zwischen Garage und Keller und ging ins Haus.

„Mama! Papa kommt!" Übermütig sprang die achtjährige Gwenke ihrem Vater in die Arme.

„Schön, dass du da bist, wir haben mit dem Abendessen auf dich gewartet." Rasch küsste Ellen Kuhn ihren Mann, dann verschwand sie wieder in der Küche.

„Gwenke, holst du bitte deinen Bruder?" rief sie über ihre Schulter zurück.

Gwenke stürmte ins erste Stockwerk hoch, wo ihre Eltern schliefen und auch sie und ihr Bruder ihre Zimmer hatten.

„Was macht Lars?" fragte Daniel Kuhn und folgte seiner Frau in die Küche.

„Dreimal darfst du raten."

„Also Computerspiele." Liebevoll zwickte er seine Frau, die gerade die Bratensoße andickte, in den Po.

Ellen schrie leise auf. „Lass das, probier lieber mal."

Sie hielt ihm den Kochlöffel hin.

„Hmm, lecker wie immer", sagte er.

Aufmerksam sah Ellen ihn an. „Du wirkst müde. Die Sitzung war wohl sehr anstrengend."

„Ach, eigentlich nicht, nur langatmig, der Dekan redete und redete, ohne auf den Punkt zu kommen. Wir mussten mal wieder erraten, was er eigentlich von uns wollte."

„O, je, bitte keine Einzelheiten."

Kuhn lachte. „Habe schon verstanden. Komm, ich nehme dir das Tablett ab."

„Mama, Lars sagt, er hat keinen Hunger." Gwenke stand in der Esszimmertür, ihre Hände in die Seiten gestemmt.

„Schatz, würdest du mal hoch gehen?" bat Ellen ihren Mann.

Daniel Kuhn nickte. Er stellte das Tablett auf den Esstisch und ging hoch in das Zimmer seines Sohnes.

„Na, Lars?"

„Hey, Paps, guck mal, ich hab schon 500 Punkte gemacht." Stolz drehte sich der zehnjährige Lars zu seinem Vater um.

Der trat hinter ihn. „Toll, dann kannst du deinen Computer ja jetzt mal für einen Moment ausschalten und zum Essen runterkommen."

„Ich hab aber keinen Hunger."

„Keine Chance, mein Sohn, auch wenn du nichts essen willst, möchte ich, dass du dich zu uns setzt."

Lars wollte widersprechen, aber ein Blick in das Gesicht seines Vaters sagte ihm, dass er das besser lassen sollte. „Okay." Er seufzte laut vernehmlich und erhob sich.

Ellen und Gwenke warteten bereits am gedeckten Tisch.

Kaum hatten sich Daniel Kuhn und Lars zu ihnen gesetzt, da klingelte es an der Tür.

„Oh, nein, wer ist das denn noch?" stöhnte Ellen.

„Bleib sitzen, ich geh schon." Professor Kuhn erhob sich.

Vor der Haustür stand ein kahlköpfiger, fettleibiger Mann. „Tach auch, hier ist Ihr Taxi."

„Wie bitte? Wir haben kein Taxi bestellt."

„Ist das nicht Buchenallee 22, bei Professor Daniel Kuhn?"

„Doch."

„Also, Ihr Taxi wartet."

„Was ist denn, Schatz?" Ellen Kuhn kam an die Tür.

„Der Herr hier behauptet, wir hätten ein Taxi bestellt."

„Aber nein, Sie müssen sich irren", sagte Ellen Kuhn.

„Meine Herrschaften", der Fahrer wurde hörbar ungeduldig, „die Zentrale hat mir durchgegeben, dass ich in die Buchenallee 22 fahren und einen Professor Daniel Kuhn abholen soll, der zum Flughafen will."

„Das ist ein Missverständnis." Auch Professor Kuhn wurde nun lauter. „Sie können wieder fahren."

„Macht 11 Euro fuffzig."

„Wie bitte?"

„Aus lauter Jux und Dollerei ein Taxi bestellen, - nee, mein Herr, so nicht. Ich habe auch meine Auslagen."

„Wenn Sie nicht sofort ..."

„Daniel, bitte." Ellen legte ihrem Mann die Hand auf den Arm.

„Na, das werden wir gleich haben!" Daniel Kuhn stürmte ins Esszimmer und holte sein Handy aus der Tasche seiner Anzugjacke.

„Für welches Unternehmen fahren Sie?" fragte er den Mann. Ohne zu antworten, reichte der ihm eine Visitenkarte.

Professor Kuhn wählte die dort angegebene Nummer und trat wieder in den Hausflur.

Als er zurückkam, wirkte er noch wütender als vorher.

„Und?" fragte der Taxifahrer süffisant.

Daniel ignorierte ihn und sah seine Frau an. „Um 14 Uhr hat jemand bei der Zentrale unter meinem Namen angerufen und für 21 Uhr ein Taxi zum Flughafen bestellt. Um diese Zeit war ich in einer Ausschusssitzung und kann gar nicht telefoniert haben", fügte er, zu dem Fahrer gewandt, hinzu.

„Das behaupten Sie."

„Jetzt reicht es mir aber", schrie Professor Kuhn.

„Wir können das gerne noch länger besprechen, bequemer kann ich mein Geld nicht verdienen. Inzwischen macht es 17 Euro 30."

„Daniel." Ellen Kuhn sah ihren Mann an. „Bitte geh rein und kümmere dich um die Kinder."

Professor Kuhn zögerte, doch dann nickte er müde. „Ich werde mich über Sie beschweren, Herr ..." Er warf einen Blick auf die Visitenkarte.

„Winter mein Name."

„Herr Winter, Sie können sich freuen, dass ich Wichtigeres zu tun habe." Damit ging Professor Kuhn ins Haus.

Seine Frau bezahlte den Fahrer.

Das Abendessen verlief ziemlich schweigsam.

Die Kinder spürten, dass eine Art Spannung zwischen ihren Eltern in der Luft lag und verdrückten sich bald auf ihre Zimmer.

Professor Kuhn und seine Frau blieben noch am Tisch sitzen und tranken ein Glas Rotwein.

„Daniel, du weißt, wer dir den Taxifahrer auf den Hals geschickt hat."

Professor Kuhn sah sie an. „Reg dich nicht auf, Liebes, es gibt immer wieder Leute, die Spaß an solchen niveaulosen Scherzen haben. Genauso gut kann einer meiner Studenten dahinter stecken."

„Ich mache mir Sorgen, Daniel."

„Das brauchst du nicht. Es ist doch überhaupt nichts passiert."

„Wenn du dir schon um dich keine Sorgen machst, dann denk bitte wenigstens an unsere Kinder."

Daniel Kuhn stand auf und zog seine Frau in die Arme. „Schau, wenn wir uns Angst einjagen lassen, haben diese Spinner erreicht, was sie wollen."

„Du glaubst also doch auch, dass es die Tierrechtler waren."

Anstatt zu antworten, küsste Daniel Kuhn seine Frau.

Nachdem sie gemeinsam das Geschirr in die Spülmaschine geräumt hatten, ging Ellen mit einem Reiseführer über Brasilien ins Bett, während sich ihr Mann in sein Arbeitszimmer zurückzog. Er wollte noch sein Manuskript für einen wissenschaftlichen Artikel überarbeiten.

Gegen 24 Uhr löschte Ellen Kuhn das Licht. In diesem Augenblick ertönte ein dumpfer Knall, gefolgt von einem lauten, klirrenden Geräusch.

Entsetzt sprang Ellen aus dem Bett und hetzte zu den Kinderzimmern.

Lars und Gwenke kamen ihr bereits entgegen.

„Mama, was war das?" fragte Gwenke mit bebender Stimme.

„Ihr bleibt hier oben und rührt euch nicht von der Stelle!"

Im Dunkeln rannte Ellen die Treppe hinunter. „Daniel! Daniel!"

Die Tür von Professor Kuhns Arbeitszimmer stand einen Spalt offen. Ellen stieß sie auf. In der Mitte des Raumes sah sie ihren Mann. Er saß regungslos auf dem Teppich.

In dem vom Boden bis zur Decke reichenden Panoramafenster klaffte ein großes, gezacktes Loch, von dem aus sich Sprünge in alle Richtungen über die Glasscheibe ausdehnten. Instinktiv lief Ellen zum Schreibtisch und knipste die Lampe aus.

„Mein Gott, Daniel, ist dir etwas passiert?"

Schemenhaft sah sie ihren Mann in dem milchigen, blassen Licht, das von den Straßenlaternen ins Zimmer fiel. Sie kniete sich neben ihn.

Langsam hob er seinen Kopf und sah sie an. „Nein, nein, es ist alles in Ordnung."

„Alles in Ordnung?" Ellens Stimme überschlug sich fast. „Jemand hat die Scheibe zerschlagen, und du sagst, ..." Erst jetzt sah sie, dass ihr Mann etwas in der Hand hielt. „Was ist das?"

Daniel Kuhn erhob sich. Wortlos ging er zum Fenster und zog die Vorhänge zu. Dann knipste er den Deckenfluter an.

„Daniel, was ist passiert?" Ellen trat zu ihm.

Noch immer schwieg er. Dann nahm er ihre Hand und legte einen etwa faustgroßen Pflasterstein hinein. „Dieses Ding hier ist haarscharf an meinem Kopf vorbeigeflogen."

Entgeistert starrte Ellen ihn an. „Der Stein ist durch die Scheibe ...?"

Ihr Mann nickte und sah sich aufmerksam im Zimmer um. „Was suchst du?" fragte sie.

Professor Kuhn zuckte mit den Schultern. „Es ist nur so eine Idee. Da!"

Er bückte sich und hob einen Zettel auf, warf einen kurzen Blick darauf und knüllte ihn zusammen.

Ellen ging zu ihm. „Gib ihn mir."

„Ellen, bitte."

Sie öffnete seine Faust, nahm den Zettel heraus und strich ihn sorgfältig glatt. Dann las sie die Botschaft. „Mein Gott! Das darf nicht wahr sein. Daniel, du musst die Polizei rufen."

„Ellen, ich will nicht schon wieder in der Zeitung stehen."

„Daniel!" Ellen zwang ihren Mann, sie anzusehen. „Um deiner Kinder willen verlange ich von dir, dass du jetzt sofort die Polizei rufst."

Professor Kuhn wand sich. „Wir sollten das nicht weiter ernst nehmen."

„Nicht ernst nehmen?" Ellen verlor ihre Beherrschung. „Hier steht: „Wer Tiere zerfledddert, gehört geschreddert!" Und diese Botschaft hing an einem Pflasterstein, der dich nur deshalb nicht umgebracht hat, weil er rein zufällig knapp an deinem Kopf vorbeigeflogen ist. Und du sagst, wir sollen das nicht ernst nehmen?"

„Ellen, dieser Stein sollte mich mit Sicherheit nicht treffen. Die wollen uns nur einschüchtern. Morgen früh rufst du einen Glaser an, und dann vergessen wir das alles ganz schnell wieder, ja?"

„Daniel, jemand hat versucht, dich umzubringen, und wenn du jetzt nicht sofort die Polizei rufst, nehme ich die Kinder und gehe."

Charlie redet Tacheles und eine Leiche wird gefunden

Zwei Tage später, an einem sonnigen Mittwochmorgen, beschloss Charlie Penceni, sich einen Scheck von Hugo Hansig zu holen.

Gut gelaunt betrat sie das elegante Bürogebäude. Im 15. Stock befand sich das Büro des Finanzmaklers, dessen Ehefrau sie wochenlang beschattet hatte.

Ihre Annahme, Hugo Hansig würde sich freuen zu hören, dass seine bildschöne, junge Gattin ihre Zeit mit Besuchen in Kosmetik- und Friseursalons sowie mit Shoppingtouren durch Edelboutiquen und Delikatessenläden verbrachte, anstatt sich, wie er vermutet hatte, mit ihrem Luxuskörper in den Betten seiner Geschäftsfreunde oder fitnessgestählter Callboys zu aalen, wurde enttäuscht. Zuerst dachte Charlie, Hugo Hansig glaubte ihr nicht. Vermutlich hielt er alle Menschen für genauso berechnend wie sich selbst und argwöhnte deshalb, dass die Detektivin ihr Wissen von der Untreue seiner Frau später irgendwann nutzen wollte, um ihn zu erpressen. Vielleicht meinte Herr Hansig aber auch, da bei ihren Recherchen „nichts" herausgekommen sei, schulde er Charlie kein Geld.

Wie dem auch sei, es war an der Zeit, ein paar Takte mit dem feinen Herrn zu reden.

Charlie schob die aufgeschreckte Sekretärin, die versuchte, sich ihr in den Weg zu stellen, zur Seite und marschierte in das Büro des Finanzmaklers.

„Hallo, Herr Hansig, schön, Sie wiederzusehen."

„Was soll das?" Wütend sah der Makler zu seiner Sekretärin hinüber, die hinter Charlie stand und hilflos gestikulierte.

„Sagen Sie Ihrer Sekretärin, dass wir sie im Moment nicht brauchen. Schließlich muss doch außer Ihnen niemand wissen, was ich Ihnen über Ihre Frau ..."

„Schon gut!" Herr Hansig gab seiner Sekretärin ein Zeichen. „Schließen Sie die Tür."

„Genau", sagte Charlie lächelnd, „und stellen Sie vorerst keine Anrufe zu Ihrem Chef durch. Er möchte nicht gestört werden." Mit ihrer beträchtlichen Körperfülle ließ sie sich in einen der Sessel vor dem zierlichen Schreibtisch fallen.

‚Ein gezielter Handkantenschlag, und dieses Designermöbelstück ist hinüber', schoss es ihr durch den Kopf.

Herr Hansig starrte sie mit zusammengekniffenen Augen an. „Also, was wollen Sie?"

Charlie fuhr sich durch ihre raspelkurzen, karottenroten Haare. „Hugo Hansig, wie er leibt und lebt, immer zu einem originellen Scherz aufgelegt."

„Ich habe nicht ewig Zeit!" Das Gesicht des Immobilienmaklers färbte sich allmählich puterrot.

„Ts, ts." Charlie beugte sich vor. „Erinnern Sie sich dunkel daran, wer ich bin?"

„Natürlich weiß ich, wer Sie sind!"

„Na, also, wer sagt's denn? Bestimmt dämmert Ihnen auch gleich wieder, dass Sie mir vor zwei Monaten den Auftrag erteilten, Ihre Gattin zu beschatten, was die liebe Signora Penceni daraufhin getan hat."

Hansig schwieg.

„Na?" Charlies Stimme bekam einen drohenden Unterton.

Weiter eisiges Schweigen.

„Tja." Charlie kratzte sich am Kopf. „Zehn Tage Beschatten macht 2.500 Euro plus 500 Euro Spesen, also, nach Adam Zwerg und Eva Riese 3000 Mäuse. Ein hübsches Sümmchen für Charlie Penceni, ein Klacks für Hugo Hansig. Einen Verrechnungsscheck akzeptiere ich auch."

Der Immobilienmakler maß sie von Kopf bis Fuß, und einen kleinen Augenblick lang nahm Charlie tief drinnen einen Anflug dieses ekligen Gefühls wahr, das sie früher immer intensiv gespürt hatte, wenn ein Mann ihren Körper taxierte. Langsam stand sie auf. „Also?"

Im Zeitlupentempo lehnte sie sich über den Schreibtisch zu ihrem Auftraggeber hinüber.

Unwillkürlich wich der in seinem Sessel nach hinten, um dann ungeniert auf ihren Busen zu glotzen.

Einen Moment lang hatte Charlie den Impuls, ihm eine Kopfnuss zu verpassen, stattdessen hob sie ihren rechten Arm und ließ ihre geballte Faust auf den Schreibtisch krachen.

Hansig zuckte zusammen. „Ruhig Blut." Ohne Charlie aus den Augen zu lassen, griff er in die rechte obere Schreibtischschublade und holte sein Scheckheft hervor. Dann nahm er den vergoldeten Lamyfüller und schrieb. „Bitte sehr."

Charlie warf einen Blick auf die Summe und steckte den Scheck zufrieden ein.

„Wie wär's, darf ich Sie zum Mittagessen einladen?" fragte Hansig plötzlich.

Überrascht starrte Charlie ihn an.

Der Makler grinste, und widerstrebend musste sie sich eingestehen, dass dieser unverschämte Kerl verdammt gut aussah mit seinen leicht angegrauten Schläfen und den stahlblauen Augen.

Betont lässig zuckte sie mit den Schultern. „Warum nicht? Gegen Hummer und Schampus hatte ich noch nie etwas einzuwenden."

Hansig lachte schallend.

Charlie kam sich zwar etwas deplatziert vor in dem feinen Lokal, aber der Hummer war köstlich, und Hansig ließ sich auch bei der Auswahl des Champagners nicht lumpen.

„Woher kommt eigentlich Ihr Nachname, Charlie? Ihre Vorfahren stammen wohl aus Italien?"

Charlie griff nach ihrem Glas. Genüsslich ließ sie den gekühlten Champagner durch ihre Kehle rinnen und hielt Hansig ihr Glas hin.

Der füllte bis zum Rand nach.

„Mein Ex ist Italiener", sagte sie.

„Ach, Sie waren verheiratet?"

„Das wundert sie wohl?"

„Nein, nicht wirklich. Aber dieser Mann muss ein wahrer Esel gewesen sein."

Abrupt stellte Charlie ihr Glas auf den Tisch.

„Ich meine doch nur, weil er sie verlassen hat", fügte Hansig rasch hinzu.

„Da haben Sie aber schnell noch die Kurve gekriegt."

„Ich weiß gar nicht, was Sie meinen, Signora Penceni."

Charlie trank noch einen tiefen Schluck. „Eines Tages, vor ungefähr zehn Jahren, verschwand Signor Penceni in einer Nacht- und Nebelaktion auf Nimmerwiedersehen."

„Ach."

Charlie winkte ab. „Aus meinem Leben zu verschwinden, war das einzig Vernünftige, was dieser Versager je zustande gebracht hat."

Sie stand auf. „Ich muss jetzt gehen."

„Möchten Sie nicht noch eine Flasche mit mir trinken?"

Charlie schüttelte den Kopf und ging.

Etwa zur selben Zeit machte Kommissar Nölmann seinem Namen alle Ehre.

Missmutig kaute er auf einem Zigarettenstummel herum und wartete am Ufer darauf, dass die Froschmänner den männlichen Leichnam aus dem Rhein bargen, den einige Spaziergänger vor gut einer Stunde entdeckt hatten.

Eigentlich sollte Nölmann jetzt mit seiner Familie am Timmendorfer Strand sitzen, stattdessen hatte man ihn gerade noch am Bahnhof aus dem Zug geholt.

„Warum habe ich bloß mein Handy nicht abgestellt?" nölte er. „Konnten die nicht Hugo-Egon anrufen? Aber nein, immer ich."

„Hugo-Egon ist auf Teneriffa." Erika Bühler sah ihren Chef schräg von der Seite an.

„Mir doch egal. Verflixt noch mal und zugenäht, wie lange brauchen die denn noch?"

Genervt spuckte er den Zigarettenstummel in den Sand und zermalmte ihn mit seinem Schuhabsatz.

„Chef, sie kommen!" Erika Bühler eilte zu dem Polizeiboot, das gerade am Ufer anlegte.

Gemächlich trottete Nölmann hinter ihr her.

„Lasst mal sehen, Jungs", sagte er.

Einer der beiden Polizisten schlug die Plane zurück, mit der sie den Leichnam zugedeckt hatten.

„Na, taufrisch sieht der auch nicht mehr aus." Nölmann war bekannt für seine sarkastischen Sprüche.

Erika Bühler packte ihren Chef aufgeregt am Arm. „Sehen Sie doch, wer das ist. Mich laust der Affe."

Der Kommissar runzelte seine Stirn. „Den hab ich schon mal irgendwo gesehen."

„Genau, Chef, der stand in den letzten Wochen andauernd in den Zeitungen. Das ist dieser Prof, Sie wissen schon, den die Tierrechtler auf dem Kieker haben."

„Sein Name ist Daniel Kuhn", sagte der eine Polizist, „er hatte seinen Ausweis bei sich."

Ricky in der Klemme

Die blanke Wut stand Gabriel ins Gesicht geschrieben, als Antonia ihm die Tür öffnete. Ohne ein Wort zu sagen, verschwand er mit großen Schritten in seinem Zimmer. Antonia ging ihm nach. Cora heftete sich schwanzwedelnd an ihre Fersen.

„Was ist los, Gabriel?"

„Ich bin so was von sauer auf Ricky."

„Habt ihr euch wieder gestritten?"

„Mit Ricky ist einfach nicht mehr zu reden. Er will unbedingt mit den Befreiungsaktionen anfangen. Jetzt, wo Kuhn tot ist, erst recht, meint er. Das ist doch völlig verrückt!"

Antonia schwieg.

Gabriel sah sie an. „Was denkst du?"

„Ich denke, dass Ricky sehr viel Geduld gezeigt hat."

„Das darf doch nicht wahr sein, Antonia! Gerade jetzt stehen wir total in der Schusslinie."

„Du glaubst doch nicht im Ernst, dass man uns verdächtigt, den Mord an Professor Kuhn begangen zu haben."

„Du selbst hast neulich bei unserem Treffen gesagt, dass die Leute uns Spinnern alles zutrauen würden." Gabriel seufzte. „Das Problem ist ja, dass ich Ricky verstehe. Ich könnte auch ausrasten, wenn ich an die brutalen Affen- und Katzenversuche von Professor Kuhn denke. Okay, er selber hat sich von dieser Welt notgedrungen verabschiedet. Das heißt aber nicht, dass die Tierexperimente damit beendet sind. Andere aus Kuhns Team werden weitermachen, vielleicht holt sich die Uni auch einen neuen Prof mit denselben Ambitionen. Einen Nachfolger für Kuhn zu finden, ist sicher kein Problem." Gabriel fuhr sich durch die Haare. „Wenn es nur die Tierversuche gäbe, das wäre schon schlimm genug, aber es gibt noch so viele andere Schweinereien, mein Gott, ich darf gar nicht dran denken. Und was haben wir bisher erreicht, Antonia? Sag's mir! Nichts, wenn wir ehrlich sind!"

„Vor zwei Monaten musste grad wieder ein Pelzgeschäft schließen. Und das haben wir mit unserer Gruppe erreicht, Gabriel."

„Genau! Und weißt du, warum, Antonia? Mit unseren Protesten und den Demos in der Fußgängerzone wären wir noch heute keinen Schritt weiter. Die Wende brachten erst unsere Aktionen. Und du weißt genauso gut wie ich, wer die geplant und geleitet hat."

Antonia setzte sich auf Gabriels Bett und streichelte Cora. „Irgendwie hat Ricky schon recht", sagte sie leise. „Es ändert sich immer erst was, wenn der Schaden so hoch ist für die Tierquäler, dass sich ihre Geschäfte nicht mehr lohnen."

„Eben! Unsere friedlichen Aktionen waren die beste kostenlose Werbung für diese Ausbeuter. Erst, als die Kunden, die ins Geschäft wollten, damit rechnen mussten, dass wir sie mit roter Farbe besprühen und nachdem wir mehrmals die Scheiben eingeschmissen und den Eingang zum Geschäft blockiert hatten, konnten wir den Typen endlich finanziell in die Enge treiben!" Gabriel setzte sich neben Antonia. „Trotzdem ist es wichtig, dass wir uns erst mal zurückhalten. Wir können es uns einfach nicht leisten, dass wir mit dem Mord an Kuhn in Verbindung gebracht werden. Ricky kapiert einfach nicht, dass das unserer Sache nur schaden würde."

„Und du konntest ihn nicht überzeugen?"

Gabriel schüttelte den Kopf. „Ricky hat auf stur geschaltet. Ich habe echt Angst, dass er alleine mit den Befreiungsaktionen anfängt. Ich konnte nicht mal mit ihm über das Verhör morgen früh sprechen. Dabei ist es so wichtig, dass wir uns einig sind."

Kommissar Nölmann knallte die Akte Kuhn auf seinen Schreibtisch. „Ist der Kaffee durchgelaufen?"

Erika Bühler nickte.

„Chef, Sie sehen so vergnügt aus. Dabei waren die Verhöre der Tierrechtler heute Morgen doch der absolute Reinfall."

Nölmann feixte. „Das meinen Sie. Da merkt man mal wieder, dass Sie noch nicht genug Erfahrung haben mit Ihren schlappen 29 Jahren."

„Also, Chef, Sie lassen mich an Ihren Erfahrungen teilhaben, und ich hole Ihnen dafür einen Pott Kaffee."

„Erst den Kaffee."

Nölmanns Mitarbeiterin stand auf und ging zur Kaffeemaschine.

„Alle haben ein wasserdichtes Alibi, Chef. Sie waren zusammen im „Eulenspiegel" und haben irgendeine Fete geplant."

Sie brachte ihrem Chef den Becher. „Hier, bitte!"

„Danke. Diese Alibis sind keinen Pfifferling wert! Ist doch klar, dass die sich alle gegenseitig decken, zumal sie gestern genug Zeit hatten, sich abzusprechen. Wir werden ihre Alibis einzeln in der Luft zerpflücken!"

„Aber wie denn, Chef? Im „Eulenspiegel" verkehren jeden Abend mindestens hundert Leute."

„Tja, Kollegin Bühler. Da müssen wir uns was einfallen lassen. Das heißt – apropos Erfahrung – Sie müssen sich was einfallen lassen. Tauschen Sie heute Abend mal Ihren schicken Hosenanzug gegen ausgefranste Jeans, damit Sie ein bisschen vertrauenerweckender aussehen, und dann setzen Sie sich an die Theke und reden mit der

Bedienung. Ich habe schon nachgefragt, heute ist dieselbe Frau da wie Dienstagabend, Elly heißt sie, hat lange, brünette Haare."

„Chef, bestimmt möchten Sie doch lieber selbst mit dieser Elly reden, oder wir könnten zusammen ..."

„Natürlich gehen wir da zusammen hin, oder dachten Sie, ich würde Sie alleine in die Nähe dieser Spontis lassen? Aber Sie werden die Bedienung ausfragen."

Erika Bühler seufzte. „Okay, Chef, aber ich kann mir nicht vorstellen, dass die sich an jeden Gast erinnert."

„Natürlich nicht an jeden. Aber an diesen vielleicht doch." Nölmann schlug die vor ihm liegende Akte auf und tippte auf ein Foto.

Seine Mitarbeiterin sah ihm über die Schulter. „Das ist dieser Ricky Schlüter! Woher haben Sie denn das Foto, Chef?"

„Bühler, Bühler, Sie müssen noch viel lernen. Schließlich standen diese Tierrechtler oft genug in den letzten zwei Jahren in den Zeitungen."

Nölmann sah sie selbstgefällig an. „Lassen Sie uns noch mal die Einzelheiten durchgehen. Professor Kuhn starb – wo ist der Obduktionsbericht? Ah, da haben wir ihn. Also, Kuhn starb Dienstagnacht zwischen 22 und 24 Uhr an einem Schlag mit einem stumpfen Gegenstand auf den Hinterkopf. Dann wurde er in den Rhein geschmissen. Wo Kuhn umgebracht wurde, wissen wir noch immer nicht. Das werden wir wohl erst erfahren, wenn es uns sein Mörder gnädigerweise verrät."

Charlie fühlt ihrem Bruder auf den Zahn

„Charlie, du willst doch wohl nicht schon gehen?" Guido umfasste ihre Taille und zog sie auf seinen Schoß. „Die Flasche Schampus ist noch halbvoll."

Charlie verwuschelte Guidos schwarze Locken, dann befreite sie sich aus seinen Armen. „Mein Kühlschrank ist gähnend leer. Ich muss unbedingt noch einkaufen."

Guido sah auf die Uhr über dem Tresen. „Es ist erst 18 Uhr. Die Geschäfte sind heute doch länger geöffnet."

„Stimmt. Okay, machen wir die Flasche noch leer, auch wenn ich dann höchstwahrscheinlich nicht mehr gerade laufen kann."

Guido lachte. „Das möchte ich sehen!"

Charlie ging zum Musikautomaten und wählte eine Platte aus. „If you go into San Francisco", ertönte es. Leise summte Charlie mit.

„Na, Charlie, Fernweh?" Der Wirt vom „Auerhahn" grinste sie an.

Charlie setzte sich auf einen der Barhocker. „Damals in Kalifornien, da hatte ich eine verdammt gute Zeit, weißt du."

„Das war nach deiner Scheidung von Signor Penceni, oder?"

Charlie nickte. „Henning", sie beugte sich über den Tresen und packte den Wirt am Hemdkragen, „ohne Männer wär die Welt ein Paradies."

Guido trat neben sie. „Alles in Ordnung mit euch?"

Charlie ließ den Wirt los und schlug mit der flachen Hand auf den Barhocker neben sich. „Setz dich, Guido. Ich hab Henning grad verklickert, was ich von euch Männern halte."

„Das wissen wir doch, Charlie", seufzte Guido.

„Ach, Guidolein, nimm es nicht so schwer. Schließlich kann eine Frau ganz gut ohne Ehemann leben, aber nicht ohne ihren Lieblingswirt und ohne ihren Vermieter."

„Apropos, du schuldest mir noch die Miete von den letzten zwei Monaten, Charlie."

„Weiß ich doch, Guido, die kriegst du heute Abend, okay? So, und jetzt mach ich mich auf die Socken. Henning, bis die Nächte, Guido, bis nachher."

Schwungvoll stieß Charlie die Kneipentür auf und trat ins Freie. Gierig sog sie frische Luft in ihre Lungen. ‚Allmählich sollte ich vielleicht doch auf Filterzigaretten umschwenken', dachte sie und begann, in Richtung Innenstadt zu laufen. ‚Gott oh Gott, etwas plümerant ist mir aber doch zumute. Am besten besorge ich mir gleich noch eine Packung Aspirin.'

Charlie steuerte hastig auf eine Fußgängerampel zu, die gerade auf grün umschlug. Mitten im Lauf stutzte sie, rannte zunächst weiter, blieb dann aber stehen, drehte auf dem Absatz um und lief zurück zu dem Kiosk an der Ecke.

„Polizei tappt im Mordfall Kuhn im Dunkeln. Tierrechtler weiter unter Verdacht!" prangte ihr in großen Lettern von der Titelseite der Tageszeitung entgegen.

Schlagartig nüchtern geworden riss Charlie eins der Exemplare aus dem Ständer und begann zu lesen.

„Hey, junge Frau, erst kaufen, dann lesen."

Charlie sah auf. Ungeduldig suchte sie in ihrer riesigen Umhänge-tasche nach Geld.

„Da!" Sie knallte der Kioskbetreiberin einen Geldschein hin und vertiefte sich wieder in den Artikel.

„Hallo, Ihr Wechselgeld!"

Genervt sah Charlie hoch. „Kaufen Sie sich nen netten Kerl davon!"

Hastig stopfte sie die Zeitung in ihre Tasche und rannte los.

Man hätte eine Stecknadel zu Boden fallen hören.

Saskia war die erste, die das eisige Schweigen nicht mehr aushielt. „Einer von uns hat sich nicht an die Abmachung gehalten."

„Bist du verrückt?" fuhr Manni sie an.

„Dann erklär mir bitte, wie die Polizei rausfinden konnte, dass Ricky um halb elf für zwei Stunden aus dem „Eulenspiegel" verschwunden ist."

„Es war nur eine Frage der Zeit, bis der Kommissar dahinter kommen musste", sagte Gabriel müde.

„Das glaube ich nicht", widersprach Saskia. „An dem Abend waren bestimmt hundert Leute im „Eulenspiegel". Du kannst mir nicht weismachen, dass sich Elly so genau an alle Gäste erinnert."

„Nicht an alle", sagte Antonia, „aber an Ricky."

„Habt ihr etwa wieder was miteinander?" fragte Saskia überrascht.

Ricky winkte ab. „Nein, aber Elly interessiert sich immer noch dafür, mit wem ich zusammen im „Eulenspiegel" auftauche."

„Jedenfalls hat uns diese blöde Lügerei bei der Polizei nur noch verdächtiger gemacht", sagte Antonia.

„Genau!" Gabriels Stimme verriet, wie angespannt er war. „Und wir können das nur wieder einigermaßen hinbiegen, wenn du ihnen sagst, wo du zwischen 22 Uhr und 24 Uhr warst, Ricky."

Sein Freund schwieg.

„Verdammt, Ricky! Wir haben für dich gelogen. Ich will wissen, was du in der Zeit, als Kuhn umgebracht wurde, getan hast."

Als es raus war, erschrak Gabriel selbst über das, was er da gerade gesagt hatte. Er presste seine Lippen aufeinander.

Ricky starrte ihn kampfeslustig an. „Du traust mir also allen Ernstes zu, dass ich Kuhn ermordet habe. Und wenn schon, - ja, damit ihr es wisst, es tut mir nicht leid, dass dieser Arsch tot ist, das einzige, was mir leid tut, ist, dass ich nicht den Mumm hatte, ihn selbst ins Jenseits zu befördern!"

Antonia war blass geworden. „Hast du solche Sprüche etwa auch geklopft, als du verhört wurdest?"

Ricky schwieg.

„Ich fasse es nicht!" schrie Manni.

Gabriel fuhr sich mit beiden Händen durch sein Gesicht. Dann blickte er auf. Lange sah er seinen Freund an. „Ricky, wenn das stimmt, bist du nicht mehr für unsere Gruppe ..."

In diesem Augenblick schrillte die Türklingel. Cora sprang auf und bellte.

„Die Polizei!" entfuhr es Saskia. „Wir sagen einfach, wir hätten Dienstagabend nicht gemerkt, dass Ricky für zwei Stunden weg war."

Wieder klingelte es.

Antonia stand auf und ging zur Sprechanlage. Die anderen hörten, wie sie „Hallo, komm rauf!" sagte und den Türöffner betätigte.

„Gabriel, es ist deine Schwester", sagte sie, als sie zurückkam.

Gabriel erhob sich.

Im nächsten Moment stürmte Charlie zur Tür herein.

„Erklär mir das!" schrie sie, völlig außer Atem, und fuchtelte wild mit der Tageszeitung vor Gabriels Gesicht hin und her. „Was habt ihr mit dem Mord an Professor Kuhn zu tun?"

„Nichts."

„Und warum steht ihr dann in der Zeitung?"

„Komm, Charlie", sagte Antonia, „setz dich doch erst mal."

„Ich will mich nicht setzen." Charlie warf die Zeitung auf den Couchtisch und stemmte ihre Hände in die Seiten. „Ich warte, Gabriel. Und sag eurer Töle, sie soll sich verpissen."

Cora war Charlie neugierig entgegengelaufen und beschnupperte sie gerade ausgiebig.

„Cora, komm her!" befahl Antonia der Hündin.

Widerstrebend gehorchte das Tier.

Charlie ließ sich in einen Sessel plumpsen. „Ich habe euch schon immer gesagt, dass ihr noch eines Tages mit diesen blödsinnigen Aktionen im Knast landen werdet. Aber nein, wer hört schon auf Charlie Penceni? Jedenfalls ganz bestimmt nicht mein Bruder. Anstatt endlich sein Jurastudium zu beenden, treibt er sich in Versuchslabors und auf Pelztierfarmen herum oder organisiert unnütze Demos! Und jetzt auch noch das!" Charlie schlug mit ihrer Faust auf die Zeitung.

„Verdammt, Charlie, es reicht!" Gabriels Stimme klang ungewohnt scharf. „Du weißt doch, wie Journalisten sind. Sie bauschen alles auf, nur um eine Schlagzeile zu haben."

„Lüg mich nicht an!"

„Charlie", mischte sich Antonia ein, „traust du uns tatsächlich einen gemeinen Mord zu?"

Charlie schnaubte verächtlich. „Wisst ihr, mit wem ich grad telefoniert hab? Mit jemandem aus Nölmanns Dunstkreis, der mir noch einen Gefallen schuldete." Triumphierend sah Charlie in die Runde. „Und? Wollt ihr mich nicht fragen, was dieser Jemand mir gesagt hat."

Alle schwiegen betreten.

Wieder schlug Charlie mit der Faust auf die vor ihr liegende Zeitung. Cora bellte.

„Für die Mordzeit habt ihr kein Alibi."

„Das stimmt nicht", rief Saskia.

„So?" Charlies Stimme bekam einen drohenden Unterton. Sie sah zu ihrem Bruder hinüber.

„Wir waren im „Eulenspiegel" und haben unsere Tierrechtsfete geplant", sagte Antonia, „bitte, Charlie, du musst mir glauben."

„Hol mir erst mal was zu trinken."

Antonia ging in die Küche und kam mit einem Glas und einer Flasche Mineralwasser zurück. „Hier." Sie gab Charlie das Glas. Dann versuchte sie, die Flasche zu öffnen.

„Gib her, lass das mal die Dicke machen." Charlie goss sich Mineralwasser ein und trank das Glas mit einem Zug leer. Betont langsam stellte sie es zurück auf den Tisch. „So, und jetzt will ich die Wahrheit wissen." Sie sah in die Runde. „Und wagt es nicht, mich noch mal anzulügen."

„Charlie, nicht in diesem Ton!" Gabriel wurde langsam sauer.

„Lass nur", sagte Ricky. „also, Charlie, die anderen", er zeigte in die Runde, „sind absolut sauber. Der einzige, der kein Alibi hat, bin ich. Ende der Durchsage. So, Leute, ich muss."

Ricky stand auf und ging zur Tür.

Keiner reagierte.

Als die Wohnungstür zuschlug, zuckte Gabriel zusammen.

„Was war denn das grad?" fragte Charlie.

Niemand antwortete.

Charlie erhob sich und ging zu ihrem Bruder. Sie legte ihm ihre Hand auf die Schulter. „Lass uns in die Küche gehen. Ich will mit dir unter vier Augen reden."

„Ist schon in Ordnung. Wir wollten sowieso grad abhauen." Saskia stand auf. „Manni."

„Okay", brummelte Manni. „Bis morgen dann." Er nickte Gabriel und Antonia zu.

Die brachte ihn und Saskia zur Tür und verschwand dann mit Cora in der Küche. „So, Cora, du kriegst jetzt erst mal was zu essen."

Erwartungsvoll wedelte die Hündin mit ihrem Schwanz, während Antonia den Napf füllte. „Hier, lass es dir schmecken." Zärtlich kraulte sie Cora hinter den Ohren.

Dann stellte Antonia den Backofen an.

Sie holte den Hefeteig, den sie bereits vorbereitet hatte und rollte ihn auf dem Backblech aus. Gemüsepizza sollte es geben. Sie wusch Tomaten, Paprika und Champignons ab. Dann öffnete sie das Glas mit der vegetarischen Soße Bolognese.

Angestrengt lauschte sie, doch aus dem Wohnzimmer war nichts zu hören.

Antonia begann, das Gemüse zu zerkleinern. Plötzlich zitterten ihre Hände. Sie sah aus dem Fenster und spürte, wie Tränen ihre Wangen hinunterliefen.

Cora stupste ihre Herrin leicht.

„Ach, meine Cora." Antonia kniete sich hin, schlang ihre Arme um den Hals der Hündin und weinte.

Plötzlich schreckte sie hoch, jemand hatte sich geräuspert.

In der Küchentür stand Charlie.

Verlegen wischte sich Antonia über die Augen und erhob sich rasch. „Es gibt Pizza. Du bleibst doch zum Essen?"

„Ich weiß nicht."

Gabriel tauchte hinter seiner Schwester auf und schob sie in die Küche. „Natürlich bleibst du."

Er sah Antonia an. Die drehte sich rasch um und schnippelte weiter an ihrem Gemüse.

Gabriel ging zu ihr und legte seinen Arm um sie. Antonia sah zu ihm hoch. „Hast du Charlie alles gesagt?"

Gabriel nickte und gab ihr einen Kuss. „Alles wieder in Butter. Oder?" Er sah zu seiner Schwester.

„Am besten lässt du uns zwei Frauen mal allein." Charlie gab ihrem Bruder ein unmissverständliches Zeichen.

Der nickte und verschwand mit Cora im Schlepptau.

„Da hab ich mich wohl mal wieder als lebende Dampfwalze betätigt, was?"

Charlie klang so zerknirscht, dass Antonia lächeln musste. „Quatsch! Komm, hilf mir beim Belegen der Pizza. Willst du ein Glas Wein?"

Charlie seufzte. „Lieber nicht. Ich hab heute Mittag mit Guido im „Auerhahn" gefeiert."

Antonia sah sie neugierig an. „Aha. Was gab es denn zu feiern?"

„Einen Scheck."

„Und ist von dem jetzt noch was übrig?"

„Klar. Schließlich steh ich bei Guido noch mit zwei Monatsmieten in der Kreide. Da mussten wir uns mit vier Flaschen Schampus begnügen."

Antonia lachte.

Charlie sah sie an. „Du bist ziemlich fertig, oder?"

Antonia wurde wieder ernst. „Wir hatten schon oft unsere Krisen. Aber dieser Mordfall jetzt, ich weiß nicht, ob unsere Gruppe den Druck noch lange aushält. Besonders Gabriel leidet total unter der ganzen Situation. Diese Hetzkampagne in den Medien ist echt das letzte. Wie ich diese Schmierfinken hasse!"

Antonia schob die Pizza in den Backofen. „Aber der Streit mit Ricky ist für Gabriel fast noch schlimmer", fuhr sie fort. „Er hat Angst, dass er sich irgendwann zwischen ihm und der Gruppe entscheiden muss. Saskia und Manni sagen zwar nichts, aber sie glauben, dass Ricky dem Ansehen der Gruppe schadet, wo wir gerade mehr Solidarität auch von Leuten bekommen haben, die nicht unbedingt zur Tierrechtsszene gehören."

„Und was denkst du?"

Antonia seufzte. „Ich hoffe immer noch, dass sich Ricky irgendwann wieder einkriegt. Er und Gabriel sind schon so lange befreundet. Das darf einfach nicht kaputt gehen."

„Traust du Ricky einen Mord zu?" fragte Charlie.

„Nein!" Antonia sah sie entsetzt an.

Charlie nickte. „Meine Nase sagt mir, dass da noch was ist, was dich bedrückt."

„Die Stadt hat die Genehmigung für unsere Tierrechtsfete zurückgezogen."

„Was? Warum denn das?"

„Na, ja, offiziell heißt es, in der momentanen Situation besteht die Gefahr, dass es zu Ausschreitungen kommt."

„Ihr seid doch keine Chaoten, die Steine schmeißen oder friedliche Bürger anpöbeln!" rief Charlie.

„Der Polizeidirektor befürchtet wohl eher, dass sich diese sogenannten anständigen Bürger an uns vergreifen könnten", sagte Antonia, und ihre Stimme triefte vor Sarkasmus, als sie hinzufügte: „Man will die mordverdächtigen Spinner vor dem Mopp schützen. Ist das nicht anständig?"

Das Abendessen verlief harmonisch, nachdem Charlie ihren Bruder noch einmal ins Gebet genommen und ihn aufgefordert hatte, Ricky zur Räson zu bringen.

Sie war so mit sich zufrieden, dass sie sogar Cora in ihrer Nähe duldete, die sich unter Antonias Stuhl gelegt hatte.

„Ich bin froh, dass du mir alles erzählt hast", sagte Charlie zu Gabriel, als sie später den Tisch abräumten.

„Und ich bin froh, dass du mich nicht mehr für einen Mörder hältst."

„Ach, Gabriel, sei nicht nachtragend. Du kennst mich doch."

„Genau, Schwesterherz!" Gabriel umarmte Charlie und hauchte ihr einen Kuss auf die Wange.

Rasch wandte sich seine Schwester ab. „Weißt du was, ich brauch erst mal meine Dröhnung Nikotin. Das bisschen Abwasch schaffst du doch sicher allein."

Ehe ihr Bruder etwas sagen konnte, war sie aus der Küche gestürmt.

Gabriel grinste in sich hinein, als er Charlie die Treppe hinunterpoltern hörte.

Jäh richtete sich Antonia im Bett auf. Von der Diele her hörte sie Cora aufgeregt bellen. Sie knipste ihre Nachttischlampe an. Das Bett neben ihr war leer. „Gabriel?"

Antonia stand auf. Jemand klingelte Sturm. Coras Gebell wurde noch lauter und aufgeregter.

„Cora, aus! Geh zu Antonia!" hörte sie Gabriel rufen.

Im nächsten Augenblick polterte jemand an die Wohnungstür. „Polizei! Machen Sie auf, sonst treten meine Männer die Tür ein."

Cora kam ins Schlafzimmer getrottet, folgte ihrer Herrin aber sofort wieder in die Diele.

Gabriel öffnete gerade die Tür. Cora knurrte.

„Wurde aber auch Zeit!" Kommissar Nölmann drängte Gabriel zur Seite.

Zwei Polizisten folgten ihm. Der Kommissar gab ihnen ein Zeichen. Einer der Beamten ging in die Küche, der andere ins Wohnzimmer.

„Was soll das?" fragte Gabriel.

Statt zu antworten, hielt ihm Kommissar Nölmann ein Blatt Papier unter die Nase. „Dies ist ein Durchsuchungsbefehl. Wo bewahren Sie die Unterlagen für Ihre Organisation auf?"

„Welche Unterlagen?" fragte Gabriel.

„Stellen Sie sich nicht dumm!" herrschte Nölmann ihn an. „Unterlagen über Aktionen, Namenslisten von Leuten, von denen Sie finanziell unterstützt werden. Zeigen Sie mir Ihren PC."

„Sie haben kein Recht, von uns zu verlangen, dass wir Ihnen unsere Unterstützer nennen!" empörte sich Antonia. „Cora, sitz! Und sei still!" Widerwillig setzte sich die Hündin, knurrte aber weiter.

„Da irren Sie sich gewaltig. Sie sind Verdächtige in einem Mordfall, und ich kann noch ganz andere Dinge von Ihnen verlangen."

Nölmann machte einen Schritt auf sie zu. „Ist das da Ihr Schlafzimmer?"

Antonia stellte sich ihm in den Weg.

„Gehen Sie von der Tür weg!" befahl der Kommissar und fasste nach ihrem Arm.

Cora sprang auf und fletschte die Zähne. „Cora, aus!" Antonia griff nach dem Halsband und sprach beruhigend auf die Hündin ein. Ein tiefes drohendes Grollen drang aus der Kehle des Tieres.

Nölmann wich langsam zurück. „Na, los, worauf wartet ihr?" schrie er.

„Nein, um Himmels willen!" rief Gabriel.

Antonia sah hoch. Beide Polizisten standen schussbereit in der Diele und zielten auf Cora. Vor Schreck lockerte Antonia für einen Moment ihren Griff am Halsband.

Nölmann schrie auf. „Nun schießt doch endlich!"

„Nein!" Gerade, als es Antonia gelang, Cora zu fassen, schossen beide Polizisten.

Wimmernd brach die Hündin zusammen. Blut spritzte wie aus einer Fontäne auf Antonias Nachthemd. In Sekundenschnelle bildete sich eine riesige rote Lache um die Hündin herum.

Antonia war wie gelähmt. Aus weiter Ferne hörte sie Gabriel schreien.

Plötzlich spürte sie, dass sie weggestoßen wurde. Sie sah auf. Gabriels Gesicht war wutverzerrt. Er warf ein Laken über Cora und hievte sie hoch. „Hol den Autoschlüssel", rief er Antonia zu.

Endlich kam Leben in sie.

Gabriel drängte sich an dem verdutzten Kommissar vorbei.

„He, hier geblieben!" schrie Nölmann, doch Gabriel rannte bereits die Treppe hinunter, Antonia mit dem Autoschlüssel weinend hinter ihm her.

„Beeil dich, schließ auf!" rief Gabriel.

Er schlang das Laken, das bereits blutdurchtränkt war, fester um Coras Körper und legte sie auf den Rücksitz.

„Geh zurück, und halte Nölmann auf. Ich bringe Cora in die Tierklinik."

Im nächsten Augenblick brauste Gabriel mit quietschenden Reifen davon.

„Na, das wird Sie teuer zu stehen kommen!"

Antonia fuhr herum. Hinter ihr stand der Kommissar. „Halten eines bissigen Kampfhundes, tätlicher Angriff, Flucht."

Nölmann schnalzte mit der Zunge.

Am liebsten hätte Antonia ihm ins Gesicht geschlagen. Doch plötzlich überfiel sie eine bleierne Müdigkeit.

„Cora hat Sie nicht angegriffen", sagte sie leise und ging ins Haus zurück.

Die Polizisten folgten ihr.

Unruhig erhob sich Gabriel von dem roten Plastikstuhl im Warte- zimmer und marschierte auf dem Flur hin und her. Er sah auf die Uhr über der Eingangstür. Seit zwei Stunden operierten die Ärzte Cora bereits.

Große Hoffnungen hatte man ihm nicht gemacht. Eine Kugel war in ihren Brustkorb eingedrungen, die zweite in ihren Hals.

Bedrückt setzte sich Gabriel wieder. Doch bald erhob er sich erneut und ging um die Ecke zum Kaffeeautomaten. Auf dem Weg zurück zum Wartezimmer griff er nach einer herumliegenden Zeitschrift. Er setzte sich wieder auf den roten Stuhl und blätterte lustlos die Seiten um.

„Gabriel!" Antonia stand vor ihm. „Was ist mit Cora?"

„Ich weiß nicht. Sie wird noch operiert. Wie kommst du hierher?" Er zog sie auf den Stuhl neben sich.

„Ich habe Ricky angerufen, als die Polizisten weg waren. Er sucht noch einen Parkplatz. Ach, Gabriel. Cora wird sterben. Ich weiß es." Antonia begann zu weinen.

„Wir dürfen die Hoffnung nicht aufgeben." Gabriel nahm sie in die Arme.

„Hei!" Ricky blieb in der Tür zum Wartezimmer stehen.

„Komm, setz dich", sagte Gabriel.

„Nee, lass mal. Wenn ich sauer bin, kann ich nicht ruhig sitzen."

Gabriel wollte etwas sagen, doch Ricky hob abwehrend die Hand. „Keine Angst, aufregen werde ich mich später über diesen be- knackten Nölmann. Weißt du schon, wie es Cora geht?"

Gabriel schüttelte den Kopf. Er reichte Ricky seinen Kaffeebecher. „Hier, ich hab schon einen Liter getrunken."

„Danke."

„Hat dir Antonia alles erzählt?"

Ricky nickte. „Bevor die Bullen bei euch waren, haben sie bei mir die Bude auf den Kopf gestellt. Danach herrschte ein solch verdammtes Chaos, dass ich mein Handy erst nicht finden konnte. Sonst hätte ich euch gewarnt. Es war vorauszusehen, dass sie anschließend zu euch kommen. Ich könnte diesen arroganten Bullen erwürgen. Schade, dass Cora ihm nicht wenigstens die Eier abgebissen hat."

Ein Blick in Gabriels Gesicht ließ Ricky verstummen. „Schon gut", murmelte er.

Antonia erhob sich. „Wie lange dauert das denn noch? Irgendjemand muss uns doch was sagen können."

Ricky sah in den Flur. „Da kommt jemand."

Gabriel sprang auf. Einer der Ärzte erschien. Müde lehnte er sich an den Türrahmen. „Cora hat sehr viel Blut verloren, aber sie hatte auch großes Glück: die eine Kugel steckte haarscharf neben ihrem Herzen, und die andere war ein glatter Durchschuss. Ein bisschen mehr links, und sie hätte die Halsarterie getroffen. Jetzt hängt es von der Kondition der Hündin ab, ob sie diese Nacht übersteht."

„Also kann man erst morgen sagen, ob sie es schafft", sagte Gabriel.

Der Arzt nickte.

„Kann ich zu ihr?" fragte Antonia. „Bitte."

„Tut mir leid, aber das geht nicht. Rufen Sie morgen gegen Mittag an, dann wissen wir mehr. Und stellen Sie sich darauf ein, dass wir die Hündin ein paar Tage hier behalten müssen. Klären Sie das bitte mit der Besitzerin. Sie soll sich möglichst bald bei uns melden."

„Coras Besitzerin ruft Sie morgen an", sagte Gabriel.

„Aber", Antonia sah ratlos von einem zum anderen.

Rasch zog Gabriel sie hinter sich her zum Ausgang. Ricky folgte ihnen.

„Kannst du mir mal sagen, was das soll?" Antonia blieb stehen und hielt Gabriel fest.

„Komm jetzt, ich erklär dir alles, wenn wir draußen sind. Wo steht dein Auto, Ricky?"

„Auf dem hinteren Parkplatz."

„Okay, dann gehen wir dahin."

Gemeinsam verließen sie das Klinikgebäude und setzten sich in Rickys Wagen.

„Also, was sollte das vorhin? ‚Coras Besitzerin ruft Sie Morgen an?' Antonias Stimme klang angespannt und ängstlich.

Charlie kommt auf den Hund

„Charlie, Charlie!" Jemand rüttelte an ihrer Schulter. Dabei wollte ihr Hugo Hansig gerade einen saftigen Scheck überreichen, noch dazu ganz freiwillig. Murrend drehte sie sich auf die andere Seite. „Charlie. Es brennt!"

Charlie fuhr hoch. „Was, wo?"

Guido saß an ihrem Bett. „Na, endlich, so langsam wusste ich nicht mehr, wie ich dich wach kriegen sollte."

„Warum weckst du mich mitten in der Nacht? Und was um Himmels willen ist das für ein schrilles Geräusch? Da platzt einem ja der Schädel." Charlie hielt ihren Kopf mit beiden Händen.

„Das ist dein Handy. Es klingelt. Dein Bruder will dich sprechen."

„Bist du über Nacht zum Hellseher geworden, oder woher weißt du, wer am anderen Ende ist?"

„Gabriel hat vor einer Viertelstunde schon mal angerufen, aber da bekam ich dich nicht wach. Geh bitte ran. Es scheint wichtig zu sein."

„Au Mann, liebe Göttin, nicht mal ausschlafen kann man in Ruhe. Wie spät ist es denn?"

„Gleich 10."

Charlie seufzte und griff nach dem Handy, das Guido ihr hinhielt.

„Sag mal, was machst du eigentlich in meinem Schlafzimmer?" fragte sie, „noch dazu nackt?"

Guido grinste und warf einen bedeutungsvollen Blick auf die andere Betthälfte.

Charlie folgte seinem Blick. „Verflixte Hacke, das sieht ja aus, als ob wir ..." Sie zeigte zuerst auf Guido, dann auf sich selbst. „Haben wir etwa ...?"

Guido grinste wieder nur.

„Oh, nein!" Charlie schlug sich mit der flachen Hand vor die Stirn. „Muss ich gestern Abend beschickert gewesen sein!"

„Sehr charmant", knurrte Guido, „jetzt drück endlich auf den Knopf und sprich mit Gabriel. Danach kannst du ein leckeres Wasser mit Aspirin und einen schwarzen Kaffee bei mir trinken."

Charlie warf ihr Kopfkissen hinter ihm her, dann drückte sie auf den Knopf. „Hallo, Gabriel."

„Endlich. Charlie, ich muss dringend mit dir sprechen."

„Du sprichst doch schon mit mir. Also, spuck's aus. Warum weckst du mich in aller Herrgottsfrühe? Und bitte, bitte, sprich leiser."

Gabriel seufzte. „Soll ich lieber gleich noch mal anrufen, wenn du Kaffee getrunken hast? Vielleicht bist du dann genießbarer?"

„Quatsch! Ich bin nie genießbar. Also, was ist passiert?"

„Unsere Wohnung ist gestern Nacht durchsucht worden."

„Wie durchsucht? Habt ihr was verloren?"

„Charlie!"

„Schrei nicht so!"

„Die Polizei war da."

„Was, mitten in der Nacht? Das ist ja unerhört! Was wollten die Bullen denn?" Jetzt war Charlie hellwach. „Sag mal, rufst du mich etwa aus dem Kittchen an?"

„Nein! Mensch, Charlie, jetzt hör mir doch endlich zu."

Als es am anderen Ende ruhig blieb, holte Gabriel tief Luft und fuhr fort. „Charlie, die Polizisten haben auf Cora geschossen. Sie ist schwer verletzt und ..."

„Wie, geschossen? Einfach so?"

„Nein, sie dachten, dass sie Kommissar Nölmann angreifen wollte."

„Ich habe euch schon immer gesagt: Holt euch nicht andauernd irgendwelche unnützen Fresser ins Haus. Aber nein, auf mich hört ..."

„Charlie, bitte, Cora wurde schwer verletzt. Sie liegt in der Tierklinik."

„Ja, und? Willst du, dass ich einen Krankenbesuch mache?"

„Das wäre gar nicht schlecht."

„Was?"

Gabriel zögerte. „Charlie, ich habe dem Arzt deinen Namen gegeben."

„Meinen Namen? Aber warum denn? Ach, Moment, logo, du kannst die Rechnung nicht bezahlen."

„Darum geht es nicht. Verdammt, Charlie, ich weiß nicht, wie ich es dir schonend beibringen soll."

„Dann lass es!"

„Okay, also, du musst Cora erst mal zu dir nehmen."

„Spinnst du?"

„Charlie, wir haben Angst, dass sie uns Cora wegnehmen. Sie werden behaupten, dass sie den Kommissar angegriffen hat. Versteh doch, Charlie, sie sind zu dritt und können es drehen, wie es ihnen passt, und nach dem Landeshundegesetz hätten sie dann die Möglichkeit, Cora einzuschläfern."

„Weißt du was, Gabriel, das ist mir so was von egal. Ich habe absolut null Bock, mich von dir ausnutzen zu lassen. Andauernd schleppt ihr irgendwelche Tierkrüppel an, und wenn dann so ein Biest mal ausrastet, ... Moment, lass mich aussprechen, ich versteh das ja, okay, Cora wurde misshandelt, da kann man es ihr nicht verdenken, wenn sie plötzlich gaga wird. Würd ich vielleicht auch. Aber ehrlich gesagt, finde ich es dann völlig okay, wenn solch eine lebende Zeitbombe unschädlich gemacht wird. Und letztlich ist das ja auch für Cora das Beste. Hallo, Gabriel? Bist du noch da? Verdammt!"

Charlie schmiss ihr Handy auf die Bettdecke. Sofort klingelte es wieder.

„Gabriel, wie kannst du es wagen, einfach aufzu...?"

„Charlie, ich bin's, Antonia."

„Schickt mein Bruder dich jetzt in den Ring?"

„Nein, Charlie, so ist das nicht."

Charlie hörte, dass Antonia weinte. „Mein Gott noch mal, Tony, ich hab's doch nicht so gemeint."

„Charlie, wir wissen, was wir dir zumuten. Aber du bist die einzige, die wir fragen können. Bitte, bitte, du musst uns helfen."

„Die Töle kann mich doch nicht leiden. Sie wird mir die Bude auseinandernehmen. Und überhaupt, weiß ich denn, wie man einen Hund füttert und badet?"

„Du musst Cora nicht baden. Und es stimmt nicht, dass sie dich nicht leiden kann. Bitte, Charlie."

„Verdammt und zugenäht. Was hat meine Mutter da bloß für einen Blödmann in die Welt gesetzt? Anstatt zu studieren, hetzt er einen armen dreibeinigen Hund auf einen ausgewachsenen Polizisten. Ist doch klar, dass so ein Tier da keine Chance hat."

„Charlie? Bitte."

„Also, gut, aber nur, bis Gras über die Sache gewachsen ist."

„Charlie, du bist toll."

„Nun mal langsam mit den wilden Pferden. Ihr zahlt alle anfallenden Kosten, und wenn dieses Tier mich nur ein einziges Mal anknurrt, ruf ich Kommissar Nölmann persönlich an."

„Natürlich, Charlie, du bist super. Danke. Du, Gabriel will noch mal mit dir sprechen."

„Danke, kein Bedarf. Ich brauch jetzt erst mal meine Dröhnung Nikotin. Gabriel soll mich heute Abend anrufen."

Charlie warf ihr Handy auf das zerwühlte Betttuch neben sich und stopfte beide Kopfkissen darauf. Dann verschwand sie im Bad.

Guido merkte gleich, dass etwas passiert war, als Charlie sich zu ihm an den Frühstückstisch setzte.

„Ich dachte, hier gibt's Kaffee", maulte sie.

Guido schenkte ihr ein. „Deine Aura ist heute Morgen nicht gerade die beste. Du solltest meditieren."

„Du immer mit deinem esoterischen Gequatsche. Hol mir lieber ne Aspirin. Mein Schädel brummt wie ein ganzes Hornissennest."

„Nimm einfach das Glas rechts neben deinem Teller. Was wollte Gabriel?"

Charlie knurrte.

„Okay, okay, ich lass dich erst mal in Ruhe deinen Kaffee trinken." Guido vergrub sich hinter dem Sportteil der Tageszeitung.

„Gib mir mal die anderen Seiten."

„Ich weiß nicht, wo ich die hingetan hab, Charlie."

„Na, da unter deinem Teller liegen sie doch."

„Ach, so, ja, es gibt heute keine wichtigen Nachrichten."

Charlie beugte sich vor und riss die Zeitung an sich. Im nächsten Moment schlug sie mit der Faust auf den Küchentisch, dass die Kaffeekanne auf dem Stövchen bedenklich wackelte.

„Hör dir das an, Guido! ‚Im Rahmen seiner Ermittlungen im Fall Daniel Kuhn wurde Kommissar Nölmann Opfer eines Kampfhundes. Die Tierrechtler Gabriel S. und Antonia L. hetzten ihre bissige Hündin auf den Polizisten, als der im Begriff war, wichtiges Beweismaterial in der Wohnung der Verdächtigen sicherzustellen.'

Das hält die stärkste Frau nicht aus! So ein Schwachsinn hoch drei!"

„Charlie, beruhige dich doch. Das wird sich schon aufklären. Du musst nicht alles glauben, was in der Zeitung steht."

„Ich will mich aber aufregen!" Rasch überflog Charlie den Artikel, dann schleuderte sie die Zeitung in die Ecke.

„Du hast doch vorhin mit Gabriel gesprochen. Was sagt der denn dazu?" fragte Guido. „Hallo, Charlie, ich rede mit dir."

„Ich hab Antonia versprochen, dass du dich um Cora kümmerst."

„Was, wie bitte?"

Charlie zuckte mit den Schultern. „Ich hab mich nun mal bequatschen lassen. Du hast den Artikel doch auch gelesen."

Guido nickte.

„Na, bitte, dann muss dir auch klar sein, dass ich nicht „nein" sagen konnte. Oder willst du riskieren, dass die Bullen Cora einschläfern lassen?"

Allmählich gelang es Guido, drei und drei zusammenzuzählen. „Wir sollen Cora hier verstecken?"

Charlie nickte.

„Und du hast „ja" gesagt? Wo du Hunde nicht leiden kannst? Ach, Moment, ich vergaß, wenn ich dich richtig verstanden habe, soll ich ..."

„Ja." Charlie setzte sich auf Guidos Schoß und verwuschelte ihm seine Haare. „Guidolein, du bist doch den ganzen Tag vorn in deinem Buchladen. Glaub mir, Cora ist total lieb, sie kann hier in der Küche liegen, und ab und zu siehst du mal nach ihr."

„Aber du bist doch auch den ganzen Tag zu Hause, zumindest im Moment, wo du keinen Auftrag hast."

Charlie legte einen Arm um Guidos Hals. „Seit heute habe ich einen neuen Auftrag." Ihr Gesicht nahm einen wild entschlossenen Ausdruck an.

„Davon hast du mir ja gar nichts erzählt."

„Muss ich dir immer alles erzählen? Schließlich sind wir nicht verheiratet."

„Von mir aus können wir das jetzt sofort ändern."

„Ach, Guido, sei bitte ernst."

„Ich bin ernst, Charlotte."

„Nenn mich gefälligst nicht Charlotte!" fauchte Charlie. „Du weißt, dass ich diesen Namen hasse wie die Pest." Sie stand auf. „Ich brauch jetzt erst mal meine Dröhnung Nikotin. Und da ich bei dir nicht rauchen darf, verschwinde ich. Übrigens, übermorgen bringen Gabriel und Antonia die Hündin zu uns."

„Charlie, ..."

Doch sie polterte bereits die Treppe hoch in ihre Wohnung.

Charlie beginnt zu schnüffeln und zapft eine sichere Quelle an

„Mannomann, echt schnieke Gegend." Charlie beobachtete von ihrem Auto aus das gegenüberliegende Haus.

Gerade wurde die Tür geöffnet, und eine Frau verabschiedete sich von einem hoch aufgewachsenen Mann in schwarzem Anzug. Der Mann verließ das Grundstück und stieg in einen dunkelblauen Mercedes. Die Frau ging ins Haus zurück.

Charlie drehte sich eine Zigarette und ließ sie in ihrer ausgebeulten Umhängetasche verschwinden. „Also, auf geht's", murmelte sie und überquerte die Straße.

Erst nach dem dritten Klingeln öffnete die Frau. „Ja, bitte?"

„Guten Tag, Frau Kuhn?"

„Ja, was wollen Sie?"

„Ich ermittle in dem Mord an Ihrem Mann, Frau Kuhn, und ich hätte da ein paar Fragen."

„Sie kommen sehr ungelegen."

„Es dauert nicht lange."

Ellen Kuhn maß Charlie von Kopf bis Fuß. Nach einem kurzen Zögern trat sie von der Tür zurück. „Bitte."

Sie führte die Detektivin in die Bibliothek. „Sind Sie eine Mitarbeiterin von Kommissar Nölmann?"

„Wir sind beide mit den Ermittlungen betraut."

„Warum kommt der Kommissar nicht selbst? Und ich verstehe auch nicht, was Sie noch von mir wollen. Ich habe doch schon alles, was ich weiß, zu Protokoll gegeben." Ellen Kuhn setzte sich und zeigte auf einen der zierlichen Stühle.

„Danke, nein, ich werde Sie ganz bestimmt nicht lange belästigen.

„Also, bitte, fragen Sie, Frau?"

„Penceni, Charlie Penceni. Als erstes würde ich gern wissen, was Sie dachten, als Sie hörten, dass Ihr Mann ermordet wurde."

„Was ich dachte? Mir war sofort klar, dass das nur diese Chaoten gewesen sein konnten, die meinen Mann seit Jahren in seiner Arbeit behindert und nichts unterlassen haben, um seinem Ruf als Wissenschaftler zu schaden."

Ellen Kuhn schnäuzte sich. „Es ist mir ein Rätsel, warum die Polizei diese Kriminellen noch nicht verhaftet hat."

„Es fehlen Beweise."

„Beweise? Diese Verrückten haben unsere ganze Familie terrorisiert. Wenn Sie wüssten, wie viel Angst ich um unsere Kinder ausgestanden habe. Was für Beweise wollen Sie denn noch?"

„Frau Kuhn, entschuldigen Sie, dass ich Sie das fragen muss: waren Sie glücklich mit Ihrem Mann?"

„Ich weiß zwar nicht, was das für eine Rolle spielt, aber – ja – wir waren glücklich, sogar sehr." Ellen Kuhn fing wieder an zu weinen. „Nächste Woche hätten wir unseren zehnten Hochzeitstag gefeiert, wir wollten mit den Kindern nach Hawaii fliegen." Sie schluchzte laut auf. „Stattdessen sitze ich hier mit einem Bestattungsunternehmer und plane die Einzelheiten für die Beerdigung meines Mannes."

„Wann ist die Beerdigung?"

„Morgen Nachmittag."

„Frau Kuhn, wo waren Sie in der Nacht, als Ihr Mann ermordet wurde?"

„Ich war hier."

„Allein?"

„Gwenke und Lars waren auch da."

„Wer?"

„Unsere beiden Kinder." Ellen Kuhn sah Charlie erstaunt an. „Die beiden wurden doch auch befragt. Nicht mal davor schreckte die Polizei zurück. Aber diese Verrückten, die werden mit Samthandschuhen angefasst. Nicht mal den Anführer der Gruppe, diesen diesen ..."

„Gabriel."

„Genau, nicht mal der wird zur Rechenschaft gezogen."

„Man kann nicht einfach jemanden verhaften, nur weil er die Arbeit Ihres Mannes kritisiert hat."

„Kritisiert! Diese Chaoten haben erst einen Mordanschlag auf meinen Mann verübt und ihn dann kaltblütig ermordet. Bereits nach dem ersten Mal hätte man durchgreifen und sie einsperren sollen. Dann würde mein Mann jetzt noch leben!" Ellen Kuhn knetete ihr Taschentuch zwischen den Fingern.

„Ein missglückter Mordanschlag? Ich verstehe nicht", stammelte Charlie.

„Sie wissen nichts davon?" Ellen Kuhn erhob sich. „Sie haben mir noch gar nicht Ihren Polizeiausweis gezeigt."

Charlie kramte in ihrer Tasche. „Tut mir leid, den habe ich wohl im Präsidium liegen gelassen."

„Kein Problem." Ellen Kuhn ging zum Telefon. „Kommissar Nölmann wird mir sicher bestätigen, dass Sie seine Mitarbeiterin sind."

„Ich glaube, das ist keine gute Idee."

„Aha."

„Äh, ja."

„Also, wer sind Sie?" Ellen Kuhns Stimme nahm einen schrillen Klang an.

„Ich bin Privatdetektivin."

„Und für wen ermitteln Sie?"

„Äh, nun ja, ..."

Ellen Kuhn ergriff Charlies Arm. „Ich glaube, es ist besser, Sie gehen jetzt."

„Ich kann Ihnen gern meine Lizenz zeigen."

„Raus!"

„Frau Kuhn, es tut mir wirklich leid um Ihren Mann, aber ich glaube nicht, dass es die Tierrechtler ..."

„Raus!"

Ehe es Charlie sich versah, stand sie vor der Tür. „Meine Güte, das war ja mal wieder eine tolle Glanzleistung von Charlie Penceni."

Mürrisch ging sie zum Gartentor. Als sie die Eisentür öffnete, stieß sie fast mit einem Jungen zusammen.

„Hey, pass gefälligst auf!" raunzte Charlie.

„Entschuldigung."

„Na, ja, ist ja nichts passiert. Sag mal, wie heißt du?"

„Ich heiße Lars Kuhn. Und Sie?"

„Charlie."

Lars kicherte.

„Was gibt es denn da zu lachen?"

„Sie heißen genauso wie Charlie Brown und sehen auch ein bisschen so aus."

Nun musste auch Charlie lachen. „Und? Magst du Charlie Brown?"

„Hmm."

Charlie zog den Jungen hinter einen Baum. „Würdest du Charlie Brown etwas erzählen?"

„Ich weiß nicht. Eigentlich soll ich ja nicht mit Fremden reden."

„Das ist auch richtig, Lars. Aber ich bin keine Fremde. Du hast doch gesehen, dass ich aus eurem Haus kam, oder?"

„Doch, stimmt. Haben Sie meine Mutter besucht?"

„Ja, genau."

„Na gut, was soll ich Ihnen erzählen?"

„Es geht um deinen Vater."

„Um Papa?" Lars' Augen füllten sich mit Tränen.

Charlie hätte sich die Zunge abbeißen können, als sie sah, was sie angerichtet hatte. Einen Moment schwankte sie noch, ob sie nicht doch versuchen sollte, aus dem Jungen herauszubekommen, was seine Mutter mit dem missglückten Mordanschlag gemeint hatte.

Sie seufzte. „Ist schon in Ordnung, Lars. Geh rein zu deiner Mutter. Sie wartet bestimmt schon auf dich."

Der Junge nickte.

„Hey, Lars, schau mal hier." Charlie hielt ihm einen Streifen Kaugummi hin.

„Danke. Tschüss, Charlie Brown, ich find dich nett."

Charlie grinste. Dann ging sie zu ihrem Auto. Schwungvoll ließ sie sich auf den Fahrersitz fallen.

„Ich brauch jetzt erst mal meine Dröhnung Nikotin."

Erika Bühler war nicht gerade begeistert, als Charlie anrief. Ihr verdankte sie es, dass sie vor drei Jahren knapp einem Disziplinarverfahren entkommen war, und aus dieser Tatsache zog Charlie immer mal wieder gerne Nutzen.

„Hallo, Erika, wie sieht's denn so aus bei dir?"

„Danke, Charlie, ich kann nicht klagen."

„Hast wohl grad ne Menge um die Ohren?"

„Genau." Ein leiser Hoffnungsschimmer, dass dies einfach nur ein belangloses, freundliches Gespräch werden könnte, war in Erikas Stimme nicht zu überhören.

„Okay, Erika, ich fasse mich kurz. Was habt ihr gegen Ricky und Gabriel in der Hand?"

„Charlie, du weißt genau, dass ich nicht mit dir über laufende Ermittlungen sprechen darf."

„Ich bin sozusagen Gabriels Erziehungsberechtigte."

„Dein Bruder ist 25! Schnüffelst du etwa im Fall Daniel Kuhn?"

Charlie knurrte nur.

„Ich warne dich, Signora Penceni! Komm uns nicht in die Quere."

„Du kennst doch meine zurückhaltende Art. Also, Erika, ihr habt euren Spaß gehabt. Warum lasst ihr Gabriel und seine Freunde nicht in Ruhe?"

Erika zögerte kurz. „Ricky hat kein Alibi."

„Das heißt, er hat immer noch nicht ausgepackt und gesagt, wo er zur Mordzeit war?"

„Genau."

„Und sonst? Lass dir doch nicht alles aus der Nase ziehen!"

„Charlie, ich kann dir nichts sagen. Wenn Nölmann erfährt, dass ich mit dir rede ... Du weißt, wie er zu dir steht."

„Deshalb rufe ich ja dich an, Schätzchen."

Erika schwieg.

„Gut, erst mal was anderes. Mir auf diese Frage zu antworten, dürfte dir keine Bauchschmerzen machen: Hat es vor dem Mord schon mal einen Anschlag auf Daniel Kuhn gegeben?"

„Ach, sieh an, die schlaue Charlie hat keine Ahnung."

„Tja, ich muss dir ja schließlich auch mal ein Erfolgserlebnis gönnen, Erika."

„Wirklich zu gütig. Also, kurz vor dem Mord entging Professor Kuhn knapp einem Attentat."

„Was meinst du mit „Attentat"?

Erika Bühler unterdrückte nur mühsam ihre Ungeduld, das konnte Charlie deutlich hören, als die Kriminalbeamtin fortfuhr: „Ein Wurfgeschoss, genauer gesagt, ein Pflasterstein, wurde von dem Täter oder den Tätern in Professor Kuhns Arbeitszimmer geworfen, durch die geschlossene Fensterscheibe."

„Dazu gehört eine Menge Muskelkraft."

„Stimmt genau, und Wut. Kuhn ist aber nichts passiert."

„Und? Habt ihr den Täter?"

Erika Bühler murmelte etwas vor sich hin.

„Also nicht."

„Nein!" schrie die Polizistin. „Leider konnten wir deinen Bruder und seine Komplizen bisher nicht überführen. Aber wir sind sicher, dass sie es waren."

„Ihr macht es euch wirklich einfach. Okay, zurück zu dem Mordfall. Erika, ich muss dir sagen, ich bin ganz und gar nicht zufrieden mit deinen Auskünften. Da erwarte ich schon noch etwas mehr."

Erika Bühler schwieg.

Charlie seufzte. „Okay, ich mach' das wirklich nicht gern. Aber ich kann auch jetzt noch zu deinem Boss gehen und ihm erzählen, was damals wirklich passiert ist."

„Dann bist du selbst genauso dran, wegen Falschaussage."

„Darauf piss ich. Also, heut Abend im „Auerhahn". Ich rate dir: komm!" Charlie legte auf.

Wie erwartet, tauchte Erika in Charlies Stammkneipe auf, nicht gerade gut gelaunt, aber nach ein paar Bierchen wurde sie gesprächiger und berichtete über den Stand der Ermittlungen.

Was Charlie dabei hören musste, gefiel ihr ganz und gar nicht. Ricky hatte sich offenbar bei seinen Vernehmungen immer stärker in Widersprüche verstrickt, wenn er sich herabließ, überhaupt etwas zu sagen.

Kommissar Nölmann war fest davon überzeugt, dass der Tierrechtler den Professor auf dem Gewissen hatte. Er ging außerdem davon aus, dass der Mord mit Billigung, womöglich sogar mit der Hilfe der anderen Gruppenmitglieder geschehen war.

Negativ für Gabriel und die anderen wirkte sich zusätzlich aus, dass nicht wie sonst, wenn es um die Tierrechtler ging, die Öffentlichkeit gespalten war, sondern diesmal standen offenbar alle auf der Seite der Justiz. Und die Presse weidete diese Stimmung genüsslich aus.

So hatte im Grunde bereits eine Vorverurteilung der Tierrechtler sowohl durch die Polizei als auch durch die öffentliche Meinung stattgefunden.

Nach diesen Enthüllungen musste sich Charlie erst mal eine Flasche Schampus genehmigen, von der sie allerdings ihrem Lieblingswirt großzügig abgab, denn sie wollte für ihre Recherchen am nächsten Tag einigermaßen nüchtern bleiben.

Charlie ermittelt im Dunstkreis des Professors und sitzt sich den Hintern platt

Wehmütige Gefühle überkamen Charlie, als sie am nächsten Tag gegen 12 Uhr den Campus überquerte. Hier hatte sie Germanistik und Romanistik studiert, anschließend war sie zwei Jahre in Venedig gewesen und hatte sich dort an der Uni ihr Geld mit wissenschaftlichen Übersetzungen verdient.

Dabei war sie Signor Penceni begegnet, dem jungen, blendend aussehenden Doktoranden der Kunstakademie, Schwarm aller Studentinnen. Doch Paolo Pencenci hatte sich in sie verliebt, in ihre blonden, langen Locken und in ihre „barocken Formen".

Gerne gab Charlie es nicht zu, aber dieses Jahr in Venedig und die nachfolgenden zwei Jahre in Berlin, wo sie und Paolo zusammengelebt und schließlich geheiratet hatten, gehörten für sie zu den schönsten ihres Lebens. Umso härter hatte sie die Erkenntnis getroffen, dass diese Liebe nicht auf Dauer den Anforderungen des Alltags gewachsen sein würde.

Wenn sie damals den Mut gehabt hätten, miteinander zu reden, dachte Charlie manchmal, hätten sie vielleicht eine Chance gehabt. Aber Paolo verkraftete es nicht, dass er keinen nennenswerten Erfolg als Bildhauer hatte und dass sie beide auf das Geld angewiesen waren, das Charlie mit ihren Übersetzungen verdiente.

Eines Tages verschwand er spurlos.

Seit diesem Zeitpunkt hatte Charlie kein italienisches Wort mehr gesprochen, und ihre hüftlangen Haare hatte sie raspelkurz schneiden und karottenrot färben lassen.

Nach einer monatelangen Phase der Depression, in der Alkohol und Zigaretten zu ihrem Lebenselixier geworden waren, hatte sie irgendwann den Entschluss gefasst, Privatdetektivin zu werden. Die Idee kam ihr nach einer der vielen durchzechten Nächte, als sie mit einem kalten Umschlag auf ihrem Kopf und starkem Kaffee auf der Couch lag und einen Krimi von Agatha Christie sah.

Mit einer energischen Kopfbewegung verscheuchte Charlie die Gedanken an Signor Penceni.

„Sorry, wo finde ich das Institut für Neurophysiologie?" fragte sie einen der vor dem Schwarzen Brett stehenden Studenten.

„Mit dem Aufzug neben der Buchhandlung dort drüben in den fünften Stock, das ist Block B, rechts den Gang runter, durch die Glastür und dann links um die Ecke."

„Danke."

Als Charlie aus dem Aufzug trat und sich der Glastür näherte, fragte sie sich, ob sie sich nicht lieber als Reporterin ausgeben sollte.

Sie öffnete die Tür und stieß dabei fast mit einem etwa dreißigjährigen Mann zusammen.

„Verdammt, passen Sie doch auf!" Wütend wischte er über den Kaffeefleck auf seinem T-Shirt.

„Tut mir leid. Warten Sie." Charlie fischte ein Papiertaschentuch aus ihrer Handtasche.

„Nein." Der Mann hob abwehrend seine freie Hand, in der anderen hielt er den Kaffeebecher hoch. „Nein, danke." Dann verschwand er auf der Toilette.

„Dann eben nicht."

Ratlos ging Charlie an den verschlossenen Zimmertüren vorbei und las die Namensschilder. Sie wunderte sich über die Ruhe in den Fluren der neurophysiologischen Abteilung. Irgendwie hatte sie erwartet, Affen kreischen und Katzen jaulen zu hören.

Vor der Tür mit dem Namensschild „Prof. Dr. med. Daniel Kuhn - Projektleiter" blieb sie stehen. Sie klopfte.

„Ja, bitte?"

Charlie trat ein.

Eine hübsche, zierliche Frau mit brünetten Haaren und Kleidergröße 36 blickte von ihrer Tastatur hoch. „Kann ich Ihnen helfen?"

„Äh, ja, ich denke schon, mein Name ich Charlie Penceni. Ich untersuche den Mord an Professor Kuhn."

„An Professor Kuhn? Sind Sie eine Mitarbeiterin von Kommissar Nölmann?"

„Ja, nein, nicht direkt. Wir ermitteln unabhängig voneinander, äh, ich gehöre zu einem anderen Ressort als Kommissar Nölmann."

„Aha." Erstaunlicherweise gab sich die Sekretärin mit dieser Erklärung zufrieden. „Aber eines sage ich Ihnen gleich. Ich beantworte keine Fragen mehr über das Privatleben des Professors."

„Kannten Sie ihn denn privat?"

„Nicht besser und nicht schlechter als seine anderen Mitarbeiter."

Charlie nickte. „Was ist denn hier noch so zu tun für Sie nach dem Tod Ihres Chefs?"

Irritiert sah die Sekretärin Charlie an. „Herr Professor Kuhn hat kurz vor seinem Tod noch sehr viel diktiert. Er wollte im Laufe der nächsten Monate mehrere Artikel veröffentlichen, außerdem war er Mitherausgeber einiger Fachzeitschriften, und ich tippe ein Buchmanuskript für ihn."

Ihre Stimme klang immer dünner. „Das alles muss fertig werden, die Verlage warten. Außerdem arbeite ich seit dem Tod des Professors für Herrn Dr. Michaelis."

„Dieser Dr. Michaelis, ist das Professor Kuhns Nachfolger?"

„Es gibt noch keinen offiziellen Nachfolger für den Professor, und so schnell wird das Institut auch niemanden finden, der ihn ersetzen kann."

„Professor Kuhn war wohl eine ziemliche Koryphäe?"

Charlie gratulierte sich innerlich, als sie sah, wie sich das Gesicht der Sekretärin nach dieser Bemerkung entspannte. „Ja, das war er."

„Und dieser Dr. Michaelis?"

Die Sekretärin machte eine wegwerfende Handbewegung. „Ein Blindfisch!" Eine leichte Röte überzog ihre Wangen und verriet, dass sie sich über die Bemerkung, die ihr gerade rausgerutscht war, ärgerte. „Der Dekan hat beschlossen, dass er die Forschungsarbeiten von dem Professor vorerst fortsetzen soll", fügte sie etwas steif hinzu.

In diesem Augenblick wurde die Tür geöffnet, und der Mann, mit dem Charlie vorhin fast zusammengestoßen wäre, trat ein. Der Kaffeefleck war durch seine Versuche, ihn zu entfernen, noch etwas größer geworden, und das T-Shirt klatschte nass auf seiner Brust. Als der Mann sie erkannte, kniff er die Augen zusammen

Die Sekretärin sah von einem zum anderen und sagte rasch: „Also, bis gleich. Treffen wir uns doch am Fahrstuhl."

Charlie zögerte einen Moment, dann nickte sie und warf sich ihre Tasche über die Schulter.

An der Tür drehte sie sich noch einmal um. „Und denken Sie dran, von zu viel Fisch wird einem leicht schlecht." Sie zwinkerte der grinsenden Sekretärin zu.

Im Hinausgehen hörte sie den Mann fragen: „Wie, was Fisch? Gibt's heut Mittag Fisch zu essen?"

Charlie lachte in sich hinein. Doch schnell wurde sie wieder ernst. Im Grunde wusste sie genauso viel wie vorher. Sie musste die Befragung der Sekretärin unbedingt fortsetzen. Dann überlegte sie. Wo konnte man am besten nachdenken und rauchen? Genau.

Charlie suchte die Damentoilette und verschanzte sich hinter einer der Türen. Missmutig wühlte sie in ihrer Tasche nach Tabak und dem Zigarettenpapier. ‚Es geht doch nichts über eine Fluppe', dachte sie und steckte sich eine an. Gierig sog sie den Rauch ein.

„Hallo, sind Sie das, Frau Penceni?"

Charlie schrak zusammen. Jemand klopfte an ihre Tür. „Frau Penceni?" Das war die Stimme der Sekretärin.

Hastig warf Charlie ihre glühende Zigarette in die Toilette und betätigte die Spülung.

Die Sekretärin lächelte sie freundlich an. „Kommen Sie, wir gehen in die Cafeteria. Dort können wir ungestört reden."

Charlie folgte ihr.

Erst im Aufzug sprach die Sekretärin wieder. „Ihren Spruch mit den Fischen fand ich zu witzig. Sie hätten mal das Gesicht von Dr. Michaelis sehen sollen." Sie lachte laut.

„Moment mal, heißt das, der Mensch, dem ich das T-Shirt bekleckert habe, ist dieser Blindfisch?"

Wieder lachte die Sekretärin. „Wollen Sie etwa behaupten, Sie hätten das nicht gewusst?"

„Gewusst nicht direkt", sagte Charlie, „aber geahnt."

Die Aufzugtür öffnete sich.

„Kommen Sie. Darf ich?" Die Sekretärin hakte Charlie unter und führte sie in Richtung Cafeteria.

Charlie betrachtete sie verstohlen von der Seite. „Wie machen Sie das eigentlich?"

„Was?"

„Na, dass Sie so schlank sind."

„Viel Obst und Gemüse, wenig Zucker, drei Liter stilles Wasser und jeden Tag Sport."

„Klingt ziemlich anstrengend." Charlie spürte, dass jetzt sie betrachtet wurde.

„Aber Sie haben doch auch eine gute Figur."

„Wie bitte?" fragte Charlie. ‚Verarschen kann ich mich selbst', hätte sie fast noch hinzugefügt.

„Na, ich wünschte, ich hätte etwas mehr Oberweite, so wie Sie."

„Aha", knurrte Charlie, „seien wir doch mal ehrlich, wir beide sehen ja wohl aus wie Pat und Patachon. Ich wünschte, ich hätte Ihre Wespentaille. Obwohl, es gibt durchaus Männer, die meine barocken Formen zu schätzen wissen."

„Eben. Das dachte ich mir. Wir sind da."

Gemeinsam betraten sie die Cafeteria im Foyer, die wie ein riesiger Glaskasten wirkte, in dem es aber, wie Charlie schnell feststellte, durchaus leckere Gerichte gab. Besonders die Lasagne sah köstlich aus.

„Einen großen gemischten Salat bitte, aber ohne Käse, und ein Mineralwasser", bestellte die Sekretärin.

„Hier, bitte schön." Fragend sah die junge Frau hinter dem Tresen Charlie an. „Was darf ich Ihnen geben?"

„Geben Sie mir mein Lieblingsgericht, ein trockenes Brötchen und eine Tasse Kaffee", knurrte Charlie.

„Mit Milch und Zucker?"

„Nein, schwarz wie die Nacht."

„Hier, bitte schön."

„Danke."

Sie setzten sich an einen Tisch im hinteren Bereich der Cafeteria.

„Wollen Sie vielleicht mal von meinem Salat probieren?"

Charlie schüttelte den Kopf. „Nein, danke, Grünzeug esse ich nicht besonders gern."

Neidisch sah sie zu einem Studenten hinüber, der gerade mit einer großen Portion Pommes und einem Schnitzel an der Kasse stand.

„Ist Ihnen noch etwas eingefallen?" fragte sie die Sekretärin.

„Erst mal will ich Sie etwas fragen: Sie sind keine Polizistin, oder?"

Charlie verschluckte sich an ihrem Kaffee.

„Das dachte ich mir gleich", sagte die Sekretärin.

„Warum?" fragte Charlie gereizt. „Stellt Kommissar Nölmann intelligentere Fragen?"

„Durchaus nicht. Aber Sie wirken, na ja, irgendwie zu unkonventionell für eine Polizistin."

„Danke." Charlie holte ihren Tabak heraus.

Die Sekretärin hüstelte.

Seufzend steckte Charlie ihren Tabaksbeutel zurück in die voluminöse Umhängetasche. „Fast hätt ich mich vergessen."

„Sie sollten das Rauchen aufgeben. Dann würde es Ihnen auch leichter fallen abzunehmen."

Charlie war baff. „Immer, wenn ich versucht habe, mit dem Rauchen aufzuhören, habe ich irre viel zugenommen."

„Das ist nur am Anfang so, bis sich der Stoffwechsel umgestellt hat. Und natürlich dürfen Sie nicht anstelle der Zigaretten Süßes essen."

„Aha." Charlie wurde sauer. „Ich muss jetzt gehen." Sie stand auf.

Die Sekretärin legte ihr eine Hand auf den Arm. „Tut mir leid. Ich wollte sie nicht nerven. Von meiner Zeit als Raucherin müsste ich eigentlich noch wissen, wie grässlich solche unerwünschten Ratschläge sind."

Charlie zögerte.

„Bitte." Die Stimme der Sekretärin klang eindringlich. „Bleiben Sie."

„Okay. Ich komme gleich zurück."

Charlie ging noch einmal ans Büffet und kam schließlich mit einer doppelten Portion Lasagne zurück.

„Lassen Sie es sich schmecken." Die Sekretärin lachte, doch ihre Worte klangen aufrichtig.

Herzhaft langte Charlie zu, und mit jedem Bissen wurde ihre Laune besser.

Erwartungsvoll sah sie ihr Gegenüber an. „Sie wollten mir doch etwas erzählen, stimmt's?"

„Ich möchte Ihnen die Gelegenheit geben, mich weiter zu befragen. Vorhin wurde unser Gespräch ja von Dr. Michaelis ..."

„Dem Blindfisch."

„Genau, unterbrochen."

Charlie nickte. „Okay. Wie viele Mitarbeiter hatte Professor Kuhn?"

„Mit den Doktoranden, Moment, ja, zuletzt acht."

„Was für ein Chef war der Professor?"

„Sie meinen, wie seine Mitarbeiter zu ihm standen?"

„Genau."

„Alle waren sehr loyal. Aber ..."

„Aber", bohrte Charlie.

„Aber es gab Eifersüchteleien zwischen Professor Kuhn und ein, zwei anderen Professoren."

„Warum?"

„Na, ja, der Professor war, wie Sie sicher wissen, ein erfolgreicher und international anerkannter Wissenschaftler. Es gab sogar eine Warteliste von Medizinstudenten, die bei ihm promovieren wollten."

„Aha. Er kam wohl gut mit den Studenten klar."

Die Sekretärin trank ihren letzten Schluck Mineralwasser. „Mit der Lehre hatte er es eher nicht so."

Fragend sah Charlie sie an.

„Professor Kuhn war durch und durch Wissenschaftler. Seinen Lehrverpflichtungen kam er nicht besonders gern nach."

„Warum nicht?"

Die Sekretärin zuckte mit den Schultern.

„Aber als Doktorvater muss er ja ganz gut gewesen sein", sagte Charlie, „oder warum drängelten sich die Studenten darum, bei ihm promovieren zu dürfen?"

„Na, ja. Die Studenten wissen, dass sie, wenn sie ihre wissenschaftlichen Untersuchungen auf Tierexperimente aufbauen, schneller fertig werden, als wenn sie aufwändige Studien an Menschen durchführen."

Charlie wirkte nachdenklich. „Sie sagten vorhin, dass einige Professoren nicht so gut auf Ihren Chef zu sprechen waren."

„Stimmt. Wie so oft im Leben ging es auch dabei ums Geld."

„Professor Kuhn wurde also besonders protegiert?"

„Genau, und nicht nur von der Industrie, sondern auch hier an der Uni wurde ihm viel Geld zugeschustert."

„Wegen seines wissenschaftlichen Rufes?"

Die Sekretärin nickte. „Professor Kuhn konnte sich sehr energisch für seine Interessen einsetzen. Letztlich bekam er immer, was er wollte."

„Sie meinen, er benutzte seine Ellenbogen?"

Die Sekretärin zögerte kurz. „Ja. Seine Forschung war ihm immens wichtig. Um gute Bedingungen dafür herauszuschlagen, legte er sich, wenn es sein musste, mit jedem an. Seine Position war so gefestigt, dass er es sich sogar leisten konnte, Bleibeverhandlungen zu führen."

„Das heißt, er hatte einen Ruf an eine andere Universität?"

„Ja, zweimal, um genau zu sein, einmal sogar an die Universität von Venedig."

Charlie schluckte. Doch sie fing sich rasch wieder. „Und bei jeder Bleibeverhandlung hat er sicher wieder jede Menge Vorteile für sich rausgeschunden."

Die Sekretärin nickte. „Das war sein gutes Recht."

„Gab es einen Kollegen von Professor Kuhn, der besonders unter dieser – nennen wir es – Fähigkeit, für sich das Beste herauszuschlagen, zu leiden hatte?"

Die Sekretärin überlegte kurz. Dann schüttelte sie ihren Kopf. „Nicht mehr. Es gab mal jemanden, einen Wissenschaftler vom Fachbereich Psychologie, der offen mit Professor Kuhn konkurrierte, auch um Forschungsgelder. Aber der ist schon seit Jahren nicht mehr hier."

„Wissen Sie, wo er jetzt ist?"

„Er ging vor drei Jahren in die USA, und das letzte, was ich hörte, war, dass er drüben eine geniale Karriere gemacht haben soll. Tut mir leid. Ich fürchte, ich konnte Ihnen nicht groß weiterhelfen. Aber ich wollte es zumindest versuchen. So", sie warf einen Blick auf ihre Armbanduhr, „und jetzt muss ich wieder nach oben."

„Haben Sie gern für den Professor gearbeitet?"

Die Sekretärin seufzte. „Ja, das habe ich wirklich."

„Und mit der Art seiner Arbeit hatten Sie keine Probleme? Ich meine ..."

„Ich weiß, was Sie meinen." Einen Moment zögerte die Sekretärin, dann schüttelte sie energisch den Kopf. Abrupt stand sie auf und reichte Charlie die Hand. „Ich muss jetzt wirklich gehen. Viel Glück."

„Danke."

Die Sekretärin drehte sich noch einmal um. „Würden Sie, ich meine, würden Sie mir Bescheid sagen, wenn Sie wissen, wer es getan hat?"

Charlie nickte. „Natürlich. Dann lade ich Sie zu einem Salat ein."

Sie sah der Sekretärin nach, wie sie mit ihrem wiegenden Gang und ihrer Wespentaille die Blicke der Männer auf sich zog.

Dann nahm sie ihre Umhängetasche und ging zu ihrem Auto.

Charlie hasste, was sie jetzt tun musste. „Sich den Hintern platt sitzen" nannte sie diesen Teil ihrer Tätigkeit, den sie immer versuchte zu vermeiden. Aber nachdem sie bisher nicht weiter gekommen war, blieb ihr nichts anderes übrig.

Sie fuhr nach Hause und setzte sich gleich, ohne bei Guido reinzuschauen, an ihren PC. Denn Charlie kannte sich. Sie hätte tausend gute Gründe gefunden, unten bei Guido zu bleiben.

Stattdessen verbrachte sie die nächsten drei Stunden damit, sich unter verschiedenen Schlüsselwörtern alle möglichen Informationen über Daniel Kuhn aus dem Internet zu holen, in der Hoffnung, wenigstens einen klitzekleinen Anhaltspunkt zu finden. Doch mit den meisten Artikeln konnte sie nichts anfangen, darin ging es um die wissenschaftlichen Arbeiten des Professors. In den wenigen Presseberichten, die sie fand, wurde im Rahmen besonderer Anlässe über ihn geschrieben, zum Beispiel bei besonderen Jahresfeiern oder ganz am Anfang seiner Laufbahn, als er an die Universität berufen wurde.

Private Skandale schien es nicht gegeben zu haben.

Nur im Zusammenhang mit den verschiedenen Aktionen der Tierrechtler erschien Professor Kuhn in den letzten zwei Jahren immer wieder in der Presse. Hier schwankte der Tenor zwischen Mitleid mit dem genialen Wissenschaftler, der nicht in Ruhe seine Forschungen zum Wohle der Menschheit fortsetzen konnte und angedeutetem Verständnis für die Argumente der Tierversuchsgegner.

Einen dieser Artikel las Charlie genauer, und sie war überrascht, dass es nicht nur sogenannte Spinner oder Chaoten waren, die sich gegen Tierversuche aussprachen, sondern auch renommierte Wissenschaftler. Um sich in deren Argumente hineinzuversetzen, fehlte Charlie an diesem Nachmittag die Geduld, aber sie druckte einen der Artikel aus.

Daniel Kuhn selbst hatte auch eine Homepage ins Netz gesetzt, außer einer kurzen Biografie enthielt sie eine Liste mit seinen sämtlichen Veröffentlichungen in Fachzeitschriften und Büchern.

Am interessantesten erschien Charlie noch eine ausführliche Biografie des Professors, die anlässlich einer von ihm durchgeführten wissenschaftlichen Tagung an der Uni erschienen war. Aber auch hier fand sie keinen Hinweis auf ein mögliches Mordmotiv.

Charlie seufzte. Es war zum Verzweifeln. Immer wieder lief es darauf hinaus, dass einzig und allein Gabriel und seine Gruppe ein Motiv gehabt hätten.

Insbesondere Ricky machte in allen Interviews, die im Rahmen irgendwelcher Demonstrationen und Aktionen hin und wieder mit einzelnen Mitgliedern geführt worden waren, keinen Hehl aus seiner Verachtung für Menschen wie Daniel Kuhn.

Den Abend verbrachte Charlie im „Auerhahn".

Als sie nach Hause kam, war es in Guidos Wohnung bereits dunkel. Charlie überlegte kurz, ob sie trotzdem zu ihm reingehen sollte, doch dann beschloss sie, sich hinzulegen.

Kurz bevor sie wegdämmerte, fiel ihr ein, dass Gabriel und Antonia ihr am nächsten Abend Cora bringen würden. Doch sie war zu müde, um sich zu ärgern.

Schon als sie die Wohnung betrat, spürte Antonia, dass etwas nicht stimmte.

Instinktiv schloss sie die Tür leise hinter sich und schlich auf Zehenspitzen zum Wohnzimmer, von wo sie Stimmen hörte. Sie spähte durch den Türspalt und sah Gabriel mit zwei fremden Männern. Als sie den Namen Cora aufschnappte, schrillten alle ihre Alarmglocken.

„Herr Seifert, noch einmal: Sie haben diesem Beschluss Folge zu leisten. Wir sind hier, um Ihre Kampfhündin abzuholen. Sie hat einen Polizisten angefallen, und der Veterinär wurde bereits angewiesen, sie einzuschläfern."

„Aber ich sage Ihnen doch, dass Cora keine Kampfhündin ist äh war, und sie hat auch niemanden angefallen. Cora hat nur die Zähne gefletscht und geknurrt, sie wollte uns beschützen."

„Das hat uns Kommissar Nölmann aber ganz anders dargestellt, und nicht nur er, sondern auch die beiden beteiligten Polizisten."

„Das kann ich mir vorstellen."

Antonia sah, dass Gabriel an sich halten musste, um nicht zu explodieren. „Wie dem auch sei, ich habe Ihnen doch schon erklärt, dass Cora tot ist. Sie wurde von den beiden Polizisten umgebracht."

Der jüngere der beiden Männer wurde lauter. „Sie haben Ihre Hündin vorige Woche nachts in die Tierklinik gebracht, und jetzt sagen Sie, die beiden Polizisten hätten sie erschossen. Was stimmt denn nun?"

„Es ist beides richtig." Gabriel bemühte sich um einen ruhigen Ton. „Nachdem die Polizisten auf Cora geschossen hatten, habe ich sie in die Tierklinik gebracht. Dort wurde sie operiert, und es sah erst so aus, als ob sie überleben würde. Nach drei Tagen konnten wir Cora wieder abholen. Leider ist sie dann aber in der darauffolgenden Nacht verstorben."

Antonia stieß die Wohnzimmertür auf. „Guten Tag."

Gabriel ging zu ihr und legte seinen Arm um sie.

„Das ist meine Lebensgefährtin, Frau Lester. Ihr gehörte der Hund. Antonia, das sind Herr Schlüter und Herr Otte", dabei zeigte Gabriel zuerst auf den älteren, dann auf den jüngeren Mann, „Die Herren kommen vom Ordnungsamt. Sie wollen Cora konfiszieren."

„Aber Cora ist doch tot", stammelte Antonia.

„Ich fürchte, man glaubt uns das nicht."

„Wir haben uns in der Tierklinik erkundigt", sagte Herr Schlüter, „Ihre Hündin war über den Berg, als sie von Ihnen abgeholt wurde."

„Ja." Antonia kramte in ihrer Hosentasche.

„Hier." Gabriel reichte ihr ein Taschentuch.

„Danke. Das dachten wir auch, aber in der Nacht blutete die Wunde im Brustkorb plötzlich wieder. Wir wollten Cora sofort in die Klinik bringen. Doch es ging dann alles furchtbar schnell." Antonia begann zu weinen.

„Cora ist trotzdem ganz sanft eingeschlafen", fuhr Gabriel fort, „im Grunde war es gut so."

Er nahm Antonias Hand, „auch wenn es für uns, besonders für meine Lebensgefährtin, sehr schwer ist, mit dem Verlust fertig zu werden, aber Cora wäre nie wieder die Alte gewesen."

„So, und warum?" fragte Herr Otte.

„Cora war sehr temperamentvoll, trotz ihres einen fehlenden Hinterlaufs, und wegen der starken inneren Verletzungen hätte die Wundheilung lange gedauert, das heißt, wir hätten sie ständig bremsen müssen."

„Wissen Sie was, ich glaube Ihnen kein Wort!" Herr Schlüter machte einen Schritt auf die Wohnzimmertür zu. „Sie sagen uns jetzt sofort, wo Ihre Hündin ist! Sonst kommen wir mit der Polizei zurück."

„Aber ..."

„Lass, Gabriel", sagte Antonia, „es gibt nur einen Weg zu beweisen, dass wir nicht lügen."

Gabriel nickte. „Du hast recht."

Sie führten die Männer vom Ordnungsamt in den Garten hinter dem Haus.

Der war nicht gerade das, was man eine gepflegte Anlage nennt. Das Gras stand einen Meter hoch, Wildpflanzen, sogenanntes Unkraut, wucherte, wie es wollte, dazwischen wuchsen Brombeersträucher und mehrere alte Buchen mit weit ausladenden Baumkronen, und es gab ein Beet mit Wildkräutern. Nur an den drei blühenden Rosenstöcken konnte man sehen, dass sich jemand um den Garten kümmerte. Im hinteren Bereich befand sich ein Teich, in dem sich zum Leidwesen der Nachbarn etliche Frösche angesiedelt hatten, die in der Dämmerung laut quakten.

Antonia und Gabriel führten die Männer zu einer der Buchen. Darunter war ein Erdhügel zu sehen mit einem schlichten Holzkreuz, und einer kleinen Vase mit Rosenblüten.

„Sie wissen, dass wir die Möglichkeit haben, das Grab zu öffnen und uns davon zu überzeugen, dass hier tatsächlich Ihre Hündin liegt", sagte Herr Otte.

Antonia drehte sich, ohne zu antworten, um und ging in den hinteren Teil des Gartens.

Erst jetzt bemerkten die beiden Männer, dass sich dort ein kleiner Schuppen befand, der fast vollständig von Efeu berankt war.

Nach ein paar Minuten kam Antonia mit einer Schaufel zurück. „Hier", sagte sie und hielt sie Herrn Otte hin.

Der nahm sie verblüfft.

„Bitte." Gabriel zeigte auf den Grabhügel.

Die beiden Männer sahen sich an.

Herr Schlüter nahm seinem Kollegen die Schaufel ab und reichte sie Antonia. „Haben Sie denn die Grube auch tief genug ausgehoben? Sie wissen, es ist Vorschrift, dass ein Kadaver mindestens mit 50 Zentimeter Erde bedeckt sein muss."

Gabriel nickte. „Natürlich. Cora ist nicht das erste unserer Tiere, das wir in diesem Garten begraben haben."

„Und da sich hier kein Wasserschutzgebiet befindet, dürfen wir das", fügte Antonia hinzu.

Die beiden Männer wandten sich zum Gehen.

„Glauben Sie bloß nicht, dass Sie aus dem Schneider sind", sagte Herr Otte. „Wir kommen wieder."

Gabriel begleitete sie zum Gartentor.

Als er zurückkam, fand er Antonia auf der kleinen Steinbank am Teich. Er setzte sich zu ihr.

Sie lehnte ihren Kopf an seine Schulter. „Glaubst du, sie sehen wirklich nach, wer in dem Grab liegt?"

„Ich glaube, die haben besseres zu tun."

„Hoffentlich hast du recht", seufzte Antonia."

„Und du hast wirklich noch keinen Anhaltspunkt für ein Mordmotiv?"

Guido schenkte Charlie Kaffee nach. „Möchtest du nicht doch noch etwas essen? Die Croissants habe ich extra für dich geholt."

Charlie schüttelte den Kopf. „Zweimal nein", sagte sie.

Guido stutzte kurz. „Ach, so, schade. Rührei wolltest du heute Morgen auch nicht essen. Sag mal, du machst doch keine Diät?"

„Sehe ich etwa so aus?"

Guido feixte. „Nee."

„Na, also. Du, Guido?"

„Ja?"

„Hattest du schon mal was mit einer, die ganz anders gebaut war als ich?"

„Hm, lass mich nachdenken." Guido rieb sich mit der flachen Hand über die Stirn, dann trank er einen Schluck Kaffee. „Eigentlich habe ich immer Frauen bevorzugt, die ihre Pölsterchen an den richtigen Stellen hatten."

„Eigentlich?"

„Na, ja, damals, ich glaub, ich war so fünfzehn oder sechzehn, du weißt schon, in einem Alter, in dem man einfach nur wissen will, wie es ist, und wo man schon mal Kompromisse macht, was das Äußere angeht…"

„Aha. Und – wie sah sie aus?"

„Sie war gertenschlank, hatte pechschwarze Haare und trug meist Miniröcke."

„Also das genaue Gegenteil von mir."

Guido nickte. „Kann man so sagen."

„Und?"

„Was, und?"

„Stell dich nicht so blöd an. Ich will wissen, wie es war."

„Ganz gut, soweit ich mich erinnere."

„Aha. Mensch, Cora, lass das." Charlie wischte sich die Hand an ihrer Hose ab. „Du sollst mich doch nicht abschlabbern."

Cora ging zurück zu ihrem Korb an der Heizung.

Guido lächelte. „Sie mag dich."

„Diese Töle kann jeden gut leiden, der ihr was zu fressen gibt."

„Na, ihr Futter bekommt sie doch wohl von mir."

„Wenn du damit wieder andeuten willst, dass ich dir das aufgehalst hab ..."

„Nein", Guido nahm ihre Hand, „ganz im Gegenteil, ich könnte mich an Cora gewöhnen. Und übrigens, zu unserem Gespräch vorhin: Ich liebe dich so, wie du bist oder, vielleicht besser ausgedrückt, ich liebe dich, weil du so bist, wie du bist."

Abrupt zog Charlie ihre Hand zurück. „Ich brauch jetzt erst mal meine Dröhnung Nikotin."

Guido sah ihr nach, als sie hastig die Küche verließ.

Cora setzte sich neben ihn. Er streichelte über ihren Kopf. „Na, Cora, hast du noch starke Schmerzen? Nachher wechseln wir wieder deinen Verband, okay?"

Die Hündin wedelte mit ihrem Schwanz.

Guido seufzte. „Wenn nur jeder seine Gefühle so offen zeigen würde wie du."

Er erhob sich. „Na, komm, wir machen noch einen kleinen Rundgang, und dann öffnen wir den Buchladen."

Charlie stand unter der Dusche, als ihr Handy klingelte. Sie wickelte sich in ein Saunatuch ein und lief ins Schlafzimmer, wo ihr Handy auf dem Bett lag. „Ja?"

„Hi, Charlie, ich bin es, Gabriel. Wie geht's Cora?"

„Seit drei Tagen ist Cora hier, und dies ist jetzt, lass mich kurz überlegen, euer elfter Anruf. Zusätzlich seid ihr mir hier schon zweimal auf die Pelle gerückt."

„Antonia macht sich große Sorgen, besonders seit die zwei Männer vom Ordnungsamt hier waren. Sag schon, Charlie, ist alles okay?"

„Natürlich ist alles okay. Ich wünschte nur, du würdest dich auch mal so um deine große Schwester kümmern. Na, ja, besser nicht, da würde mir ja die Luft abgedrückt."

Gabriel lachte. „Antonia möchte noch kurz mit dir sprechen."

„Hallo, Charlie. Wie ich mitbekommen habe, ist alles in Ordnung."

„Ja, Antonia, alles bestens. Cora kriegt genug zu essen, wir gehen mit ihr raus, keine Sorge, nicht zu weit, damit sie sich nicht überanstrengt und weil uns nur möglichst wenig Leute mit ihr sehen sollen, Guido wechselt ihre Verbände, und meine Streicheleinheiten bekommt sie auch noch von ihm."

Antonia lachte. „Ich bin dir so dankbar, Charlie."

„Sag mir lieber, wann ihr sie wieder abholt. - Hallo, Antonia, bist du noch dran?"

Charlie hörte leises Gemurmel, dann sagte Antonia: „Das ist jetzt noch viel zu früh, Charlie. Erst muss die Polizei den Mörder von Professor Kuhn finden."

„Seid ihr bescheuert? Das kann noch ewig dauern."

„Aber du ermittelst doch auch. Charlie, du musst den Fall aufklären."

„Gabriel hat dir also erzählt, dass ich meine Fühler ausgestreckt hab?"

„Ja, sollte er das nicht?"

Charlie seufzte. „Ich wollte nicht, dass ihr euch zu große Hoffnungen macht. Außerdem würde Nölmann ziemlich sauer reagieren, wenn er wüsste, dass ich ihm in seinen Fall reinpfusche."

„Von uns erfährt er garantiert nichts. Hast du denn eine Spur, Charlie?"

„Leider nein."

„Es sieht nicht gut für uns aus, oder?"

„Stimmt genau. Wisst ihr eigentlich inzwischen, wo Ricky zur Tatzeit war?"

„Nein. Und weil er sich nach wie vor weigert, bei der Polizei auszusagen, hat Kommissar Nölmann ihn gestern verhaftet."

„Ricky ist in Untersuchungshaft?"

„Ja."

„Antonia, ihr müsst euch von Ricky trennen. Gib mir mal Gabriel."

„Ricky ist mein Freund, Charlie." Gabriels Stimme klang trotzig.

„Ich weiß, aber wenn Ricky angeklagt wird, seid ihr mit dran, besonders du, Gabriel."

„Lass uns das bitte nicht jetzt diskutieren."

„Wie du willst. Ich muss sowieso Schluss machen. Ihr kommt ja sicher heute Abend noch vorbei."

„Ja, Charlie, dann helfen wir Guido beim Verbandwechsel."

„Okay, bis dahin."

Charlie schmiss ihr Handy zurück aufs Bett und zog sich an. Dabei fasste sie einen Entschluss.

Freudig bellend begrüßte Cora ihre Herrin und Gabriel.

„Hallo, Cora", Antonia kniete sich hin und drückte die Hündin vorsichtig an sich. „Wie geht es meinem Liebling? Hast du Schmerzen?"

Cora leckte ihr die Wange.

„Sie erholt sich von Tag zu Tag ein bisschen mehr", sagte Guido. „Wollt ihr auch ein Bier?"

Antonia schüttelte den Kopf. „Danke, ich nicht. Aber trink du ruhig, Gabriel, ich fahre dann nachher."

Gabriel setzte sich zu Guido an den Tisch und nahm sich ein Bier. „Reichen die Medikamente, die wir für Cora besorgt haben?" fragte er.

Guido nickte. „Für fünf Tage haben wir erst mal noch genug."

Antonia setzte sich mit an den Tisch, Cora legte sich wieder hin.

„Sie ist immer noch sehr schwach", sagte Antonia, „aber ich habe auch den Eindruck, dass es ihr viel besser geht. Ihre Augen glänzen wieder. Findest du nicht, Gabriel?"

„Ja, ganz sicher." Gabriel seufzte. „Hoffentlich reicht ihr mit den Medikamenten. Offiziell haben wir ja keinen Hund mehr, es wäre schwierig, uns neue verschreiben zu lassen."

„Uns fällt schon was ein", sagte Guido, „vielleicht können wir auch auf homöopathische Mittel umsteigen. Die bekommt man ohne Rezept. Ich fänd das sowieso besser."

Gabriel nickte. „Wo ist Charlie eigentlich?"

„Verreist."

„Charlie ist verreist? So plötzlich? Wohin denn?"

„Glaub mir, Gabriel, genauso überrascht war ich heute Nachmittag auch, als mir Charlie mitteilte, dass sie für ein paar Tage wegfahren will."

Antonia sah zu Gabriel. „Das verstehe ich nicht", sagte sie. „Charlie war doch an dem Fall Kuhn dran. Heißt das, dass sie aufgegeben hat?"

Gabriel zuckte mit den Achseln. „Gesagt hat sie heute Morgen, als ich mit ihr telefonierte, nichts."

„Na, ja, verstehen könnte ich es schon." Antonia klang sehr enttäuscht. „Schließlich muss Charlie von irgendwas leben. Und wir hätten ihr nicht viel bezahlen können. Bestimmt hat sie einen anderen Fall übernommen."

„Das glaube ich nicht", sagte Guido. „Und ihr müsstet Charlie eigentlich auch besser kennen. So schnell schmeißt die nicht die Flinte ins Korn."

„Aber hat sie denn nicht gesagt, wo sie hin wollte?" fragte Gabriel.

Guido schüttelte den Kopf. „Sie hat nur irgendwas gemurmelt von, wenn man in der Gegenwart keinen Anhaltspunkt findet, muss man eben in der Vergangenheit suchen', - was immer das heißen mag."

Charlie ermittelt in der Vergangenheit

„Ganz schön viel Gegend", murmelte Charlie. „Gleich müsste aber mal so langsam das Ortseingangsschild kommen."

An der nächsten Kreuzung fuhr sie weiter geradeaus, und nach etwa fünfhundert Metern entdeckte sie das Schild. „Na, bitte."

Sie nahm den Fuß vom Gas und sah sich aufmerksam um. Es war ein ländlicher Ort, aber man konnte deutlich erkennen, dass am Rand des Städtchens in den letzten Jahren neue Häuser, meist Villen, entstanden waren.

Charlie fuhr in das Ortszentrum. Hier standen alte, zum Teil liebevoll restaurierte Fachwerkhäuser, dazwischen einige kleine Geschäfte.

„Mensch!" Charlie bremste abrupt ab und fuhr mit quietschenden Reifen nach rechts auf einen kleinen Parkplatz. Sie schnappte sich ihre Reisetasche vom Rücksitz, stieg aus und ging zurück zum Eingang des Hauses.

„Na, wer sagt's denn, wenn das kein gutes Omen ist."

„Zum Auerhahn" stand in goldenen Lettern über der Eingangstür, die wie ein altes Dielentor aussah. Ein weißes Schild in einem der Fenster verkündete, dass hier Zimmer zu vermieten waren.

Charlie ging hinein. Durch einen schmalen, fensterlosen Flur kam sie in einen hellen Raum mit Tischen und Stühlen. Hinter dem Tresen stand ein großer, schlanker Mann.

„Tach." Charlie ließ ihre Tasche fallen und setzte sich auf einen der Barhocker.

„Moin." Der Mann sah sie neugierig an. Er hatte große, blaue Augen und schwarze Locken wie Guido. „Was kann ich für Sie tun?"

„Sie können mir erst mal ein anständiges Pils zapfen und mir dann ein Zimmer vermieten."

„Nichts lieber als das", grinste der Mann und hielt ein Bierglas unter den Zapfhahn.

„So, bitte, die Dame. Prost!"

Charlie wischte sich den Schaum vom Mund. „Das tut gut."

„Eine Frau, die mein Bier zu schätzen weiß. Das lob ich mir. Da kriegen Sie doch glatt mein bestes Zimmer. 35 Euro die Nacht mit Frühstück. Ist zufällig heute Morgen frei geworden."

Er legte ihr den Schlüssel für Zimmer Nummer 10 auf den Tresen. „Hier, das Zimmer geht zum Garten raus, da können Sie nachts bei offenem Fenster schlafen."

„Ist es denn zur Straße hin so laut?" fragte Charlie verwundert.

„Nicht unbedingt, aber grad des Nachts fahren hier oft die LKWs durch, die nach Bremen wollen. Die Fahrer wissen, dass sie bei uns im Dorf selten kontrolliert werden."

„Aha." Charlie stellte das Glas auf den Tisch. „Gibt's bei Ihnen auch was zu essen?"

„Natürlich. Heut kann ich Ihnen Wildschwein mit Kartoffelklößen und Rotkohl anbieten. Ich mach Ihnen aber auch ein Rührei mit Schinken oder Toast Hawaii. Schnitzel ist leider ausgegangen."

„Kein Problem. Ich nehm das Wildschwein."

„In einer halben Stunde?"

Charlie nickte, dann rutschte sie von dem Barhocker und schnappte sich ihre Reisetasche.

„Die Treppe hoch und dann das letzte Zimmer auf der linken Seite. Gegenüber ist ein Bad. Dusche und WC haben Sie aber auch im Zimmer."

„Alles paletti!" Charlie warf sich die Tasche über die Schulter und ging die Treppe hoch.

Das Zimmer war groß und hell. Am Fenster stand ein runder Tisch mit zwei Stühlen. Auf dem Doppelbett lag eine geblümte Tagesdecke. Über dem Kopfende hing ein Bild mit einem Auerhahn. Es gab sogar einen Fernseher und in einem kleinen Wandregal ein paar Bücher. Auf dem Nachttisch sah Charlie ein Radio. Sie schaltete es ein. Dann zog sie die Vorhänge zu und ging unter die Dusche.

Eine halbe Stunde später saß sie in der Gaststube.

„Na, schmeckt's denn?" fragte der Wirt.

„Sieht man das nicht?"

Der Wirt grinste. Er verschwand in der Küche und kam mit einem neuen, wieder reichlich gefüllten Teller zurück. „Eine hübsche Frau, die Bier mag und mein Essen zu schätzen weiß. Sind Sie verheiratet?"

„Nun werden Sie mal nicht frech."

„Tschuldigung. Darf ich mich einen Moment zu Ihnen setzen?"

Charlie schob sich grad ein Stück Fleisch in den Mund. Mit dem Messer zeigte sie auf den Stuhl gegenüber. „Sie wollen sicher wissen, was eine hübsche, hilflose Frau hier zu suchen hat, noch dazu so ganz allein."

Der Wirt musterte sie. „Also, direkt hilflos kommen Sie mir nicht vor, aber das mit dem „hübsch", das stimmt."

„Danke", knurrte Charlie.

Seltsamerweise empfand sie die Blicke des Mannes nicht als aufdringlich. „Nun fahr'n Sie mal Ihre Glupschaugen wieder ein. Ich bin Journalistin und sammle Fakten über einen Wissenschaftler, Professor Daniel Kuhn. Sagt Ihnen der Name was?"

Der Wirt musterte sie aufmerksam. „Journalistin, aha." Er überlegte kurz. „Nein, ich kenn keinen Daniel Kuhn. Professoren gehören auch nicht unbedingt zu meinem Bekanntenkreis. Müsste ich ihn denn kennen?"

„Kommt drauf an, wie alt Sie sind, und ob sie schon seit zwanzig Jahren hier leben."

„Zu Frage eins: ich bin 40, gestern grad geworden, zu Frage zwei: ich lebe jetzt knapp zehn Jahre hier."

„Zu eins: herzlichen Glückwunsch nachträglich, zu zwei: schade."

„Danke. Was ist denn mit diesem Kuhn, oder wie er heißt."

„Richtig, Kuhn. Er wurde ermordet."

„Die Welt ist wirklich schlecht."

Jetzt sah Charlie den Wirt genauer an. Doch sein Gesicht spiegelte den Sarkasmus, den sie aus seinen Worten zu hören geglaubt hatte, nicht wider.

„Und warum suchen Sie ausgerechnet hier nach einer Spur?" fragte er.

„Daniel Kuhn wuchs hier auf."

„In Heeger?"

Charlie nickte. „Ich dachte mir, es kann nicht schaden, an den Anfang seines Lebens zurückzukehren, - um vielleicht sein Ende zu begreifen."

Der Wirt stand auf. „Hört mal her."

Die anderen Gäste, etwa zehn Männer, brachen ihre Gespräche ab.

„Kannte einer von euch Daniel Kuhn? Er soll hier aufgewachsen sein. Wann ungefähr war das?" Er sah zu Charlie.

„Kuhn wurde hier vor 39 Jahren geboren, genauer gesagt, im April. Mit 19, also vor zwanzig Jahren verließ er Heeger, um Medizin zu studieren. Das einzige, was ich sonst noch weiß, ist, dass seine Eltern ein Geschäft hatten."

Die Männer schwiegen.

Der Wirt ergriff wieder das Wort. „Hey, Kurt, du lebst doch schon ewig hier. Denk nach."

Charlie schluckte ihren letzten Bissen hinunter und drehte sich auf ihrem Stuhl herum.

Der Angesprochene kratzte sich am Kopf. „Nee, du, Daniel Kuhn, nie gehört."

„Kennen Sie sonst jemanden, der seit mindestens 20 Jahren in Heeger wohnt?" fragte Charlie.

Wieder kratzte sich der Mann am Kopf. „Nee, das heißt, doch, klar, sprechen Sie mal mit dem Pastor, junge Frau."

„Danke." Charlie erhob sich.

„Sie wollen doch nicht schon gehen?" protestierte der Wirt.

„Doch, ich bin hundemüde. Tschüss, bis morgen."

Im Zimmer gekommen, kramte Charlie in ihrer Umhängetasche nach dem Handy.

„Hallo, Guido."

„Mensch, Charlie, wo steckst du? Ich hab schon zigmal versucht, dich zu erreichen. Warum hast du denn dein Handy ausgeschaltet?"

„In bin in Heeger."

„Wo?"

„In Heeger. Das ist ein ziemlich kleiner Ort in der Nähe von Bremen."

„Und was machst du da?"

„Vielleicht erinnerst du dich, dass ich an einem Fall dran bin."

„Das weiß ich doch, Charlie. Komm, lass dir nicht alles aus der Nase ziehen."

Charlie seufzte. „Professor Kuhn stammt von hier. Ich hoffe, dass ich jemanden treffe, der ihn kannte. Vielleicht bekomme ich wenigstens einen kleinen Hinweis."

„Auf ein mögliches Motiv?"

„Es ist doch immer wieder erstaunlich, wie schnell ihr Kerle kapiert! Hast du daran gedacht, Coras Verband zu wechseln?"

„Natürlich. Ich glaube, sie hat nicht mehr so starke Schmerzen. Und sie hat vorhin sogar ihren Knochen im Garten verbuddelt. Das ist ganz bestimmt ein gutes Zeichen."

„So genau wollte ich es auch mal wieder nicht wissen", knurrte Charlie. „Waren Gabriel und Antonia da?"

„Ja. Sie haben gefragt, wo du bist. Leider konnte ich ihnen ja nichts sagen."

Charlie überhörte den leisen Vorwurf. „Wann ich zurückkomme, weiß ich noch nicht."

„Okay. Cora und ich halten hier die Stellung."

„Ich melde mich wieder."

„Ist gut. Wir vermissen dich."

Charlie beendete die Verbindung und drehte sich erst mal eine Zigarette.

Dann legte sie sich schlafen.

Missmutig stand sie am nächsten Morgen auf. Sie hatte von Guido geträumt.

„Na, gut geschlafen?" fragte Freddy.

„Ich schlief schon besser."

„Da bin ich aber baff", sagte der Wirt, und das klang total echt, „Zimmer Nummer 10 ist nämlich mein „Süße-Träume-Zimmer".

„Hä?"

„Ja, mindestens jeder zweite, der in diesem Zimmer schläft, hat süße Träume." Der Wirt feixte. „Wobei natürlich jeder etwas anderes darunter versteht."

„Anstatt hier Romane zu quatschen, solltest du mal lieber deinen knackigen Hintern in die Küche bewegen. Ich brauch Kaffee, und zwar pronto!"

„Kommt sofort. Übrigens, ich heiß Freddy."

„Also, Freddy, ab Marsch."

Charlie war so genervt, dass sie fast in Versuchung kam, sich ausnahmsweise schon vorm Frühstück ihre erste Dröhnung Nikotin zu genehmigen.

„Ohne Männer wär die Welt ein Paradies", knurrte sie vor sich hin.

Lustlos sah sie aus dem Fenster. Es schien ein schöner Tag zu werden.

„So, bitte, sehr, die Dame!" Freddy balancierte ein üppig beladenes Tablett auf seinen Armen. Er stellte es auf dem Nachbartisch ab und breitete als erstes eine blütenweiße Leinendecke aus.

„Für unnützen Luxus bezahle ich aber nicht extra."

„Das ist alles im Preis drin. So, bitte sehr."

Er schenkte ihr Kaffee ein.

Charlie trank hastig einen Schluck. „Au, verdammt, der ist heiß. Jetzt hab ich mir die Zunge verbrannt!"

„Sorry, aber kalten Kaffee koch ich nur ziemlich selten."

Charlie beruhigte sich allmählich wieder, als sie das fürstliche Frühstück sah, das Freddy für sie vorbereitet hatte. Herzhaft biss sie in die krossen Brötchen, nachdem sie sie dick mit Butter und Wurst bestrichen hatte. Dazu gab es mittelweich gekochte Eier, grad so, wie Charlie sie am liebsten mochte. Zum Schluss verdrückte sie noch eine Scheibe Toast mit fruchtig-süßer Himbeermarmelade.

„Die Marmelade hab ich selbst gemacht." Freddy stand am Tresen und spülte Gläser.

„Du scheinst ja der perfekte Hausmann zu sein. Vielleicht überleg ich es mir doch noch mal mit dir. Übrigens, ich heiß Charlie."

Sie zündete sich eine ihrer selbst gedrehten Zigaretten an und zog genüsslich an dem Glimmstängel.

Der Wirt lachte. „Was isst du denn am liebsten, Charlie?"

„Willst du mir etwa mein Leibgericht kochen?"

„Warum nicht? Na, raus damit!"

„Tut mir leid, Freddy, aber wenn ich dir das sage, frustriere ich dich nur."

„Jetzt mach es nicht so spannend."

„Okay, du hast es nicht anders gewollt. Also, sperr die Ohren auf: Am liebsten esse ich Hummer." Charlie erhob sich. „Mir ist natürlich klar, dass das nicht dein Metier ist, mal ganz davon abgesehen, dass es in diesem Kaff mit Sicherheit nirgends Hummer zu kaufen gibt. Wenn du mich trotzdem glücklich machen willst, koch mir heut Mittag ne scharfe Bohnensuppe oder brat mir nen Flattermann."

„Das werde ich wohl grad noch hinkriegen."

„Trau ich dir auch voll zu. Und jetzt, Freddy, verrat mir, wie ich zum Pfarrer komme."

Knapp fünfzehn Minuten später stand Charlie vor einem roten Backsteinhaus mit mehreren Erkern. Der kleine Vorgarten wirkte sehr gepflegt. Auf einem Steinquadrat stand ein Keramikkübel mit üppig blühenden Geranien.

Charlie klingelte. Eine große, dürre Frau öffnete die Tür. „Ja, bitte?"

„Ich möchte den Pfarrer sprechen. Ist er da?"

Die Frau musterte Charlie. „Pfarrer Hagemann ist in der Kirche. Sie können aber reinkommen und warten, wenn sie wollen."

„Danke."

Die Frau führte Charlie in eine Bibliothek und wies auf eine kleine Sitzgruppe vor dem Fenster. Auf dem runden Tisch stand eine Karaffe mit zwei Gläsern.

„Nehmen Sie ruhig", sagte die Frau, „das ist selbst gemachter Apfelsaft." Dann ging sie hinaus.

Charlie sah sich um. Die Wände waren vollgestellt mit hohen Bücherregalen. Nur an der schmalen Seite gegenüber der Tür befand sich ein runder Kachelofen, gemauert aus jadegrünen Steinen.

Charlie ging zu einem der Regale und nahm sich wahllos ein Buch heraus. Dann setzte sie sich an den Tisch und durchforstete ihre Umhängetasche nach Tabak und Zigarettenpapier. Endlich fand sie beides. Sie war gerade dabei, sich eine Fluppe zu drehen, als ein kleiner, rundlicher Mann mit einem spärlichen grauen Haarkranz eintrat.

„Ich muss Sie bitten, hier nicht zu rauchen", sagte er und reichte Charlie die Hand.

„Tut mir leid", murmelte sie und warf ihre ganzen Utensilien zurück in die Tasche.

Der Händedruck des Pfarrers war kräftig. Er goss Saft in die beiden Gläser. „Nehmen Sie lieber das", sagte er und prostete ihr zu. „Ist er nicht köstlich?"

Charlie probierte und nickte. „Wirklich lecker. Pfarrer Hagemann, ich ..."

„Was haben Sie sich denn da aus dem Bücherregal geholt?"

Der Pfarrer nahm das Buch vom Tisch. „Aha, „Der Gallische Krieg" von Caesar, sehr interessant, nicht wahr?"

Charlie fing an sich zu ärgern. „Durchaus, aber die Bücher von Cicero finde ich noch interessanter, besonders sein „De re publica", und auch Vergil hab ich gern gelesen, „Dido und Aeneas" zum Beispiel."

„Ich dachte immer, Frauen würden romantische Liebesgeschichten mit Happy End bevorzugen."

„Ach wissen Sie, es gibt solche und solche Frauen, und ich gehöre eher zur zweiten Kategorie."

„Der Pfarrer lachte herzhaft. „Sie haben sicher nicht auf mich gewartet, um sich mit mir über Literatur zu unterhalten, Frau?"

„Mein Name ist Penceni, Charlie Penceni. Ich bin Journalistin und recherchiere in einem Mordfall."

„In einem Mordfall? Und wie kann ich Ihnen da weiterhelfen?"

„Das Opfer stammt hier aus Heeger, und ich suche jemanden, der ihn kannte."

„Es handelt sich offenbar um einen Mann."

„Ja, sein Name ist Daniel Kuhn."

Der Pfarrer dachte angestrengt nach. „Tut mir leid, auf Anhieb sehe ich kein Gesicht vor mir. Können Sie mir etwas mehr über diesen Daniel Kuhn sagen?"

„Leider nicht viel", seufzte Charlie, „zumindest nicht, wenn es um seine Vergangenheit geht. Ich weiß nur, dass er hier geboren wurde und aufgewachsen ist. Seine Eltern hatten wohl ein Geschäft, aber welche Art von Geschäft das war, weiß ich nicht. Mit 19 ging Daniel Kuhn nach Berlin, um Medizin zu studieren."

„Und warum wurde er ermordet? War das kürzlich?"

„Ja, vor zehn Tagen. Warum, weiß man noch nicht. Er ist 39 Jahre alt geworden. Von seinem Mörder fehlt bisher jede Spur."

Aufmerksam hatte der Pfarrer ihr zugehört. „Haben Sie bei Ihren Recherchen Jugendfotos von Daniel Kuhn gefunden?"

„Ja, aber nur ein einziges. Warum?"

Pfarrer Hagemann erhob sich. „Warten Sie."

Er ging hinaus.

Nach wenigen Minuten kam er mit einem großen, dicken Album zurück. „Wenn dieser Daniel Kuhn in meiner Gemeinde war, müsste er auf einem der Fotos hier sein. Ich habe von allen Jahrgängen, die von mir konfirmiert wurden, ein Gruppenfoto. Wie alt, sagten Sie, war er?"

„39."

„Das heißt, vor 25 Jahren ungefähr ist er konfirmiert worden. Hier." Er reichte Charlie das Album. „Sie müssen ziemlich weit vorne anfangen zu suchen."

„Danke."

Langsam blätterte Charlie Seite für Seite um. Als sie ungefähr in der Mitte war, sah sie auf. „Haben Sie wirklich alle Fotos chronologisch geordnet?"

„Das habe ich. Fangen Sie noch mal von vorn an."

„Okay."

Charlie konzentrierte sich auf jedes einzelne Gruppenfoto. Sie hielt inne.

„Na, haben Sie ihn?"

„Ich bin mir nicht sicher. Nein, schade."

Sie blätterte weiter. Enttäuscht wollte sie das Album zuklappen, doch einer inneren Eingebung folgend blätterte sie noch eine Seite weiter. „Hier, das könnte er sein", rief sie aufgeregt. „Ich bin mir nicht ganz sicher. Haben Sie vielleicht eine Lupe?"

Pfarrer Hagemann öffnete eine Schublade in dem Tisch und holte ein Vergrößerungsglas heraus. „Hier, bitte."

Charlie sah sich das Gesicht noch einmal an. Kein Zweifel. Das war Daniel Kuhn. Sie reichte Album und Lupe dem Pfarrer. „Der zweite Junge von links in der hinteren Reihe."

„Das also war Daniel Kuhn", murmelte der Pfarrer.

Immer wieder sah er durch die Lupe, bis er endlich das Album weglegte. Er fuhr sich mit beiden Händen durch sein Gesicht.

„Erinnern Sie sich an ihn?" fragte Charlie.

Sie konnte ihre Ungeduld kaum zügeln.

„Ja."

Der Pfarrer sah ihr in die Augen. „Und jetzt möchte ich ganz genau wissen, welches Interesse Sie daran haben, einen Mord aufzuklären."

Charlie holte eine Mappe aus ihrer Tasche. „Hier, bitte."

Pfarrer Hagemann öffnete wieder die Schublade und holte seine Lesebrille hervor.

Neugierig sah er Charlie an. „Was ist das?"

„Das sind Zeitungsausschnitte, in denen über den Mord an Professor Kuhn berichtet wird."

Der Pfarrer nahm jeden einzelnen ausgeschnittenen Artikel aus der Mappe und las ihn durch.

Charlie versuchte, sich zusammenzureißen. Dann stand sie auf. „Sorry, aber ich muss jetzt unbedingt eine rauchen. Ich geh vor die Haustür."

Während sie draußen stand und rauchte, kam Charlie zu einem Entschluss. Sie warf den Zigarettenstummel in den Geranienkübel und ging wieder rein.

Der Pfarrer hielt das Album in der Hand und starrte auf das Foto mit Daniel Kuhn. Er sah auf. „Sie sagten, Sie sind Journalistin. Für welche Zeitung recherchieren Sie?"

Charlie setzte sich. „Pfarrer Hagemann. Ich will offen zu Ihnen sein. Ich ..."

„Sie sind keine Journalistin, stimmt's?"

„Ich bin Privatdetektivin." Charlie reichte ihm eine ihrer Visitenkarten.

Der Pfarrer sah sie sich gründlich an. Dann fragte er: „Haben Sie etwas mit den Tierrechtlern zu tun, womöglich mit diesem Ricky?"

„Ricky ist ein enger Freund meines Bruders Gabriel. In einem Artikel werden auch er und seine Lebensgefährtin Antonia erwähnt."
Der Pfarrer nickte. „Ja, im Zusammenhang mit einer Kampfhündin, die einen Polizisten angefallen hat."

„Cora ist keine Kampfhündin. Und sie hat auch noch nie jemanden angefallen. Sie wurde schwer misshandelt und freut sich, wenn sie von Menschen umgeben ist, die ihr nichts tun."

„Eine vehemente Tierschützerin scheinen Sie auch noch zu sein."

„Beileibe nicht. Ich kann es nur nicht leiden, wenn jemand zu Unrecht verdächtigt wird."

„Aha. Und diese, wie ist der Ausdruck doch gleich? Ach, ja, Tierrechtler! Die halten Sie wohl auch für unschuldig."

Charlie nickte.

„Und jetzt hoffen Sie, hier eine Spur zu finden, indem Sie in Daniels Vergangenheit wühlen?"

„Kannten Sie Daniel gut?" Ganz bewusst wählte auch Charlie die vertraute Form des Namens.

„Er war einer meiner Konfirmanden, mehr nicht."

„Aber damals musste man doch noch drei Jahre zum kirchlichen Unterricht, bevor man konfirmiert wurde. Drei Jahre sind eine lange Zeit, um eine Gruppe von jungen Menschen näher kennen zu lernen."

„Zwanzig Jahre sind eine noch viel längere Zeit. Was meinen Sie, wie viele junge Menschen ich seitdem konfirmiert habe."

„Bitte überlegen Sie, vielleicht fällt Ihnen doch irgendetwas ein. Alles kann wichtig sein, auch wenn es Ihnen noch so belanglos erscheint."

Der Pfarrer seufzte. „Tut mir wirklich leid, ich weiß nur, was Sie selbst auch schon herausgefunden haben. Nach seinem Abitur ging Daniel nach Berlin, um Medizin zu studieren. Ich erinnere mich, dass er, seit ich ihn kannte, Arzt werden wollte. Es wundert mich, dass er stattdessen eine Unikarriere gemacht hat. Na, ja, vielleicht hatte er auf diese Weise mehr Zeit für seine Familie."

„Das glaube ich eher nicht. Er hat so viel veröffentlicht, das kann er nicht nur während seiner acht Stunden an der Uni geschrieben haben, selbst wenn man davon ausgeht, dass ihm seine Doktoranden und Wissenschaftlichen Assistenten zuarbeiteten.

Daniel Kuhn war außerdem in mehreren Kommissionen, und er hat einige internationale Kongresse mit organisiert. So wie ich das sehe, muss er praktisch rund um die Uhr gearbeitet haben."

„Fast so wie jemand, der sich mit Arbeit zuschüttet, um zu vergessen", murmelte der Pfarrer.

„Wie bitte?"

„Ach, nichts. Moment mal, mir fällt grad noch was ein: Daniels Eltern hatten kein Geschäft, sondern sie betrieben ein kleines Kino."

„Wo ist dieses Kino? Wahrscheinlich im Ortskern."

Der Pfarrer schüttelte den Kopf. „Nein, das Kino gibt es nicht mehr. Daniels Eltern sind damals, kurz nachdem er nach Berlin gegangen war, auch weggezogen."

„Wohin?"

„Ich glaube, nach Köln. Aber genau weiß ich es nicht. Na, jedenfalls verkauften sie das Kino damals. Und der neue Besitzer musste dann relativ bald dicht machen. Wahrscheinlich lohnte sich der Betrieb nicht mehr. Schon seit Jahren ziehen immer mehr junge Leute in die Stadt."

Er stand auf. „Ich muss Sie jetzt bitten zu gehen. Gleich werden einige Presbyter kommen, es stehen ein paar wichtige Entscheidungen für unsere Gemeinde an." Er gab Charlie die Hand.

„Ich hätte da noch eine Bitte. Würden Sie mir das Foto mit Daniel Kuhn ausleihen?"

Der Pfarrer zögerte.

„Bitte, Sie bekommen es so schnell wie möglich zurück."

„Ich weiß nicht. Dieses Album ist ein wichtiges Andenken für mich. Na, gut, aber vergessen Sie nicht, es zurückzubringen." Er reichte Charlie das Foto.

„Auf keinen Fall", versicherte sie schnell. „Falls Ihnen noch etwas einfällt, ich habe mich im „Auerhahn" eingemietet."

Der Pfarrer brachte sie zur Tür. „Ihr Bruder und seine Freunde sind wohl in ziemlicher Bedrängnis?"

Charlie nickte.

Langsam ging sie die Stufen zur Haustür hinab, sie hatte das Gefühl, dass der Pfarrer doch noch etwas sagen wollte. Aber er schloss hinter ihr die Tür.

Als sie fast das Gartentor erreicht hatte, wurde sie aufgehalten. „Hallo, Moment!" Die Haushälterin des Pfarrers trat an den Keramikkübel und kam dann zu Charlie. „Hier, Sie haben etwas vergessen", sagte sie säuerlich und hielt ihr den Zigarettenstummel hin.

„Oh, ja, danke vielmals." Huldvoll lächelnd nahm Charlie ihn entgegen.

Auf dem Bürgersteig zermalmte sie das Corpus delicti mit ihrem Absatz.

Sie war sauer. Diese penetrante Haushälterin hatte sie von einem Gedanken abgebracht, und sie beschloss, sich ein wenig Zeit zu nehmen und durch den Ort zu schlendern. Vom Pfarrhaus aus, das direkt neben der Kirche lag, führte die Dorfstraße zu einem großen, fast quadratischen Platz. Ein Schild verkündete, dass hier Dienstags und Freitags Markt abgehalten wurde. Der Platz war an einer Seite von Pappeln und Eichen umgeben, dahinter erstreckte sich ein kleiner, verwilderter Park. Auf der gegenüberliegenden Seite standen gepflegte Einfamilienhäuser. Mitten über den Platz führte die Straße weiter geradeaus.

Charlie folgte ihr. Auf beiden Seiten standen Wohnhäuser, dazwischen ein paar Geschäfte: Ein Tante-Emma-Laden, daneben eine Apotheke, gegenüber eine Fleischerei und die Filiale einer Drogeriekette. Ein Stück weiter oben gab es noch einen Laden mit Damen- und Herrenbekleidung und ein Eisenwarengeschäft.

Charlie bummelte weiter. Langsam veränderte sich das Aussehen des Ortes. Die Häuser wirkten weniger gepflegt, in den Vorgärten lag zum Teil Gerümpel herum, und dazwischen sah Charlie immer wieder leerstehende Geschäfte. „Bäckerei Imhoff" verkündete eine verblasste Inschrift, gleich daneben das war sicher ein Café gewesen. Ein paar weiße Plastiksessel waren hinter der Fensterscheibe, die einen großen Sprung hatte, zu sehen.

Erst auf dem Rückweg fiel Charlie auf, dass nur wenige Menschen draußen zu sehen waren. Dafür bewegte sich die eine oder andere Gardine in den Häusern, an denen sie vorbeiging.

Charlie sah auf die Uhr. Es konnte nicht schaden, vor weiteren Aktivitäten erst mal einen Happen im „Auerhahn" zu essen.

Charlie wird überrascht und stochert weiter im Dunkeln

„Hmm." Das riecht lecker. Charlie betrat den Essraum und schnupperte. „Da laust mich doch der Affe. Das riecht nach Hummer."

Freddy kam aus der Küche. „So früh hatte ich nicht mit dir gerechnet. Aber macht nichts. Ich beeil mich. Setz dich doch schon mal."

Der Tisch war bereits gedeckt. Außer ihr war niemand da.

„Hast du die anderen Gäste ausgeladen?" rief Charlie.

„Nee, mittags kommt fast nie einer. Na, hat dir deine Nase schon verraten, was es gibt?"

„Ja, riecht, als ob du eine Dose Hummer aufgemacht hättest."

„Eine Dose, pah! Komm her!"

Charlie folgte der Aufforderung und ging in die Küche. Neugierig sah sie sich um.

„Na, was sagst du zu meinem Reich?" fragte Freddy.

„Irre, total profimäßig durchgestylt."

„Tja." Freddy grinste verlegen, aber es war unübersehbar, wie stolz er auf seine Küche war.

„Jetzt komm her, und überzeug dich, dass ich dir kein Dosenfutter auftische."

Auf dem langen, schmalen Tisch in der Mitte des Raumes stand eine große Kunststoffwanne.

Interessiert trat Charlie näher. „Is nich wahr, echter Hummer."

Freddy nahm die drei Tiere hoch und warf sie in den Topf mit sprudelndem Wasser, der auf dem Herd stand. Rasch legte er den Deckel auf.

„Wo hast du denn den Hummer her?"

Freddy drehte sich zu Charlie um. „Tut mir leid, aber meine geheimen Quellen verrate ich nicht mal dir."

„Aha."

Hör ich da eine gewisse Skepsis?" fragte der Wirt. „Keine Sorge, Madame, der Hummer ist ganz frisch. Hoppla!"

Freddy sprang zurück zum Herd. Der Deckel hatte sich leicht scheppernd nach oben bewegt, Hummerbeine reckten sich aus dem Topf. Unter Zuhilfenahme des Deckels bugsierte Freddy die Hummer zurück in den Topf.

„Wie du siehst, könnte er nicht frischer sein!" lachte er, während er den Deckel fest auf den Topf drückte.

„Ich glaub, ich setz mich schon mal hin, war ein bisschen anstrengend heut."

Charlie ging hinter die Theke. „Du, Freddy, ich nehm mir nen Schnaps, okay?"

„Tu dir keinen Zwang an", rief Freddy. „Fang doch schon mal mit dem Salat an."

Charlie setzte sich und goss den doppelten Schnaps runter. Dann aß sie den Rucolasalat.

Kurze Zeit später servierte ihr Freddy den Hummer. „Na, nun nimm schon den ersten Bissen."

Skeptisch probierte Charlie.

„Na?" Freddy konnte seine Ungeduld kaum zähmen.

„Ich muss sagen ..." Sie nahm noch einen Bissen. „Nicht schlecht."

„Nicht schlecht?" rief Freddy.

Charlie lachte. „Dieser Hummer ist exzellent. Wie von einem Drei-Sterne-Koch."

Freddy schmunzelte. „Tja, richtig erkannt."

Charlie sah ihn fragend an.

„Erzähl ich dir ein andermal. Jetzt lass es dir schmecken. Ich hab auch Champagner für dich kalt gestellt."

Charlie winkte ab. „Heut Abend vielleicht."

Sie ließ sich Zeit, ein solch köstliches Essen musste frau genießen.

Als sie fertig war, drehte sie sich eine Zigarette. Während sie rauchte, dachte sie nach.

„So, bitte sehr, das Dessert." Freddy stellte eine Schale Erdbeeren mit Sahne vor sie hin.
„Nein, danke. Sei mir nicht böse, Freddy, aber ich bin voll bis oben hin."

Der Wirt seufzte. „Okay." Er setzte sich und aß die Erdbeeren selbst. „Hat dein Besuch bei Pfarrer Hagemann heute Morgen etwas gebracht für deine Ermittlungen?"

Charlie schüttelte den Kopf. „Absolut null Komma nichts. Sag mal, Freddy, wie heißt eure Tageszeitung?"

„Eine eigene Tageszeitung haben wir nicht. Im „Bremer Anzeiger" gibt es nur eine extra Lokalseite für Heeger."

„Aha. Okay, ich mach mich jetzt vom Acker. Tschau, Freddy, bis heute Abend! Und lass noch einen Schluck Schampus für mich übrig."

Charlie ging zu ihrem Auto. Rasch warf sie noch einen Blick in den Straßenatlas. Dann fuhr sie Richtung Bremen.

Sie war etwa eine halbe Stunde unterwegs, als ihr schlecht wurde. Obwohl sie versuchte, das Gefühl in ihrem Magen zu ignorieren, verschlimmerte sich die Übelkeit. ‚Verdammt, kann ich jetzt meine eigenen Zigaretten nicht mehr ab, oder war was mit dem Schnaps?'

Sie presste sich eine Hand auf den Magen, blinkte rechts und hielt an. So schnell sie konnte, sprang sie aus dem Auto und erreichte gerade noch rechtzeitig den Straßengraben.

‚Verdammte Scheiße. Zu Hummer gehört eben Schampus und kein Kräuterschnaps!'

Etwas übel war ihr immer noch, aber es ging ihr schon viel besser. Charlie seufzte und startete den Motor.

Etwa eine Stunde später saß sie im Archiv des „Bremer Anzeigers". Mit ihrem umwerfenden Charme war es ihr gelungen, den zuständigen Redakteur davon zu überzeugen, dass sie unbedingt selbst die 20 Jahre alten Zeitungsberichte über Heeger durchsehen musste.

Vorsichtshalber sichtete Charlie nicht nur die Artikel, die vor 20 Jahren erschienen waren, sondern sie ging jeweils zwei Jahre zurück und weiter in die Gegenwart. Doch außer Berichten über drei Brände, mehrere Verkehrsunfälle, den Selbstmord einer jungen Frau, zwei Blitzeinschläge in Wohnhäusern und die Landflucht fand sie nur noch Artikel über die jährlich stattfindende Kirmes und das Schützenfest sowie belanglose Notizen.

Charlie war so frustriert, dass Freddy sie nicht überreden konnte, nach dem Abendessen noch ein wenig unten zu bleiben und Champagner mit ihm zu trinken. Sie ließ sich die Flasche geben und verzog sich auf ihr Zimmer.

Kaum hatte sie es sich im Sessel am Fenster gemütlich gemacht, klingelte ihr Handy. „Ja, bitte?"

„Charlie, ich bin es, Guido. Ich wollte mal hören, wie es bei dir so läuft."

„Ach verflixt, überhaupt nicht gut. Heut hab ich mir stundenlang den Hintern platt gesessen, nur um festzustellen, über wie viele Belanglosigkeiten diese Zeitungsfritzen berichten."

„Tut mir leid, Charlie. Heißt das, dass du bald nach Hause kommst?"

„Herrgott noch mal, musst du mich immer unter Druck setzen? Ich komme, wenn ich hier fertig bin."

„Okay, okay, war ja nur eine Frage. Lass doch deine schlechte Laune nicht an mir aus."

„Weißt du was, lass mich einfach in Ruhe."

Wütend schaltete Charlie ihr Handy aus. Dann sah sie noch einmal die Kopien durch, die sie sich von einigen der ausführlicheren Artikel gemacht hatte. Doch ihr fiel nichts auf, was sie auch nur andeutungsweise mit Daniel Kuhn in Verbindung hätte bringen können.

Schließlich legte sie sich aufs Bett und trank die Flasche Schampus. Plötzlich kam ihr eine Idee.

Sie ging runter in den Schankraum, und tatsächlich, sie hatte Glück: Kurt war da.

Charlie erhält einen ersten Hinweis

Um halb acht am nächsten Morgen stand Charlie wieder vor einem Backsteinhaus mit gepflegtem Vorgarten. Dieses lag aber nicht im Ortszentrum, sondern in einer kleinen Seitenstraße, die vom Marktplatz wegführte.

Es war ihr nicht leicht gefallen, nach der Flasche Schampus am Abend in aller Herrgottsfrühe aufzustehen. Ihr brummte der Schädel. Doch sie wollte mit ihrem Besuch nicht bis zum Nachmittag warten.

Charlie klingelte.

Ein mittelgroßer, etwas untersetzt wirkender Mann öffnete ihr die Tür. Er hielt einen Kaffeepott in der Hand.

„Entschuldigen Sie bitte die frühe Störung", sagte Charlie.

„Es wird wohl wichtig sein, wenn Sie sich so früh her bemühen."

„Ja, das ist es. Sind Sie Lehrer Hansen?"

Der Mann nickte. „Und Sie sind ...?"

„Charlie Penceni. Ich habe Ihre Adresse von Kurt Ludewig."

„Aha. Kommen Sie doch erst mal rein. Möchten Sie auch einen Kaffee?"

„Es wäre mir lieber, wir könnten gleich zur Sache kommen. Sie müssen doch sicher um acht zum Unterricht."

Lehrer Hansen schüttelte seinen Kopf. „Heute fange ich erst um 10 Uhr an."

Er führte Charlie in die Küche und goss ihr eine Tasse Kaffee ein. „Setzen Sie sich. Hier, Sie sehen aus, als könnten Sie eine Stärkung vertragen."

„Danke. Das ist wohl wahr." Charlie setzte sich und trank einen Schluck. Der Kaffee war stark und aromatisch. Sie spürte, dass der Lehrer sie betrachtete. „Ich sage Ihnen am besten gleich, worum es geht."

„Ich bitte darum."

Charlie stellte die Tasse auf den Tisch. „Ich bin Privatdetektivin und ermittle in einem Mordfall. Eine Spur hat mich hierher nach Heeger geführt."

„Ein Mord? Hier in Heeger?" Herr Hansen klang sehr überrascht.

„Nein, nein, nicht in Heeger. Das Opfer, Daniel Kuhn, ist hier aufgewachsen."

„Und wie kann in Ihnen da helfen?"

„Kurt sagte mir, dass sie schon seit fünfunddreißig Jahren hier unterrichten. Das heißt, dass sie Daniel Kuhn gekannt haben müssten."

„Die Klassen sind zwar in den letzten fünf bis zehn Jahren immer kleiner geworden, aber da kommen im Laufe der Zeit doch so viele Schüler zusammen, dass ich mich beim besten Willen nicht an jeden erinnere. Wissen Sie irgendetwas über diesen Daniel Kuhn, das mir helfen könnte, meine alten, grauen Zellen auf Trab zu bringen?"

„Kuhns Eltern hatten ein kleines Kino. Sie sind vor ungefähr zwanzig Jahren hier weggezogen, kurz nachdem ihr Sohn Abitur gemacht hatte und zum Medizinstudium nach Berlin gegangen war."

Charlie griff in ihre Umhängetasche. „Hier habe ich ein Foto, auf dem Daniel mit seiner Konfirmandengruppe zu sehen ist. In der letzten Reihe der zweite von links."

Sie reichte dem Lehrer das Foto.

„So gute Augen habe ich leider nicht mehr", murmelte er, „geben Sie mir bitte mal meine Lesebrille. Sie liegt drüben auf dem Schränkchen neben der Spüle."

Charlie gab sie ihm.

Der Lehrer betrachtete das Foto sehr lange.

„Und Sie sagten, dass er Medizin studiert hat?" fragte er endlich.

„Ja."

„Wissen Sie nicht noch etwas mehr?" Hansen sah auf.

Charlie schüttelte den Kopf. „Ich kann Ihnen sonst nur noch einige Details aus seinem Leben nennen, das er als Erwachsener geführt hat."

Da der Lehrer nichts sagte, berichtete Charlie ihm, was sie über den Wissenschaftler und Familienvater Daniel Kuhn wusste. Während sie sprach, beschlich sie das Gefühl, dass der Lehrer auf etwas Bestimmtes hinaus wollte.

Als sie geendet hatte, schwiegen sie beide eine Weile.

„Ich erinnere mich an den Jungen," sagte Hansen endlich, er seufzte, „allerdings nur recht vage."

Er seufzte noch einmal. „Dafür umso genauer an seine Freundin, die kleine Hofmeister."

„Hofmeister?"

„Ja, Annika. Das war eine schlimme Geschichte damals."

Irgendwie klingelte es bei Charlie, als sie den Namen hörte. „Annika Hofmeister", murmelte sie. Doch sie kam nicht darauf, wo sie diesen Namen schon einmal gehört haben könnte.

„Annika war etwas jünger als Daniel, zwei Jahre, wenn ich mich nicht irre. Ja, sie war 17, als Daniel Abitur machte und eine Klasse unter ihm. Eigentlich wollten beide gemeinsam in Berlin Medizin studieren. Da Annika, wie gesagt, jünger war, wollte Daniel vor dem Studium erst seine Bundeswehrzeit absolvieren. Er hätte auch die Möglichkeit gehabt, sofort mit seinem Studium anzufangen und anschließend als Arzt zum Bund zu gehen." Lehrer Hansen rieb sich die Augen.

„Sie sagten vorhin, „eigentlich" wollten Daniel und Annika gemeinsam Medizin studieren."

„Ja, Annika war ein hochintelligentes Mädchen und sehr ehrgeizig, sie hätte auch Naturwissenschaften oder Sprachen oder Musik studieren können. Solche unterschiedlichen Begabungen sind äußerst selten, aber Annika hatte sie."

Es entging Charlie nicht, dass der Lehrer deprimiert geworden war. Endlich sprach er weiter. „Leider hat sie in der elften Klasse die Schule abgebrochen."

„Wieso das denn?" fragte Charlie überrascht.

Lehrer Hansen zuckte die Schultern. „Wenn ich das wüsste. Ich war damals mehrfach bei ihren Eltern und habe mit ihnen gesprochen. Sie sagten mir, Annika sei krank."

„Was hat Annika Ihnen denn selbst gesagt?"

„Gar nichts. Sie verließ im Herbst die Schule, und danach habe ich sie mehrere Monate nicht mehr gesehen."

„Ist Annika verschwunden?" Charlie wurde immer verwirrter.

„Sozusagen. Von ihren Eltern erfuhr ich, dass sie bei ihrer Tante in Bayern sei, um sich von ihrer Krankheit zu erholen."

„Von was für einer Krankheit?"

„Keine Ahnung. Na, jedenfalls kam sie nach einigen Monaten zurück, und ich rechnete damit, dass sie nun wieder am Unterricht teilnehmen würde. Es wäre Annika mit Sicherheit nicht schwer gefallen, den versäumten Stoff nachzuholen."

„Wie lange war das Mädchen in Bayern?"

„Genau kann ich das nicht mehr sagen, einige Monate eben. Moment, sie kam zurück, als Daniel seine Abiturarbeiten schrieb. Stimmt."

Der Lehrer schwieg. Er stand auf und ging zum Fenster.

„Bitte, Herr Hansen. Versuchen Sie, sich zu erinnern."

Lehrer Hansen setzte sich wieder. Er wirkte plötzlich sehr alt.

Charlie versuchte es anders. „Damals muss etwas passiert sein, das Sie sehr erschüttert hat."

Er nickte. „Ich war nach Annikas Rückkehr noch ein paarmal bei ihrer Familie. Ich wollte nicht akzeptieren, dass sie ihre Begabungen und Chancen einfach so wegwarf. Aber sie weigerte sich, mit mir zu reden, sie wollte mich nicht einmal sehen. Es war zum Verrücktwerden. Und ihre Eltern waren auch keine Hilfe. Sie sagten nur, es gehe Annika wieder gut, aber sie wolle eben nicht mehr ihr Abitur machen. Ein paar Tage nach unserem letzten Gespräch meldeten sie ihre Tochter dann von der Schule ab."

„Aber Sie müssen Annika dann doch im Laufe der Zeit irgendwann wieder gesehen haben. Schließlich wird sie sich nicht jahrelang versteckt haben. Wissen Sie, wo Annika jetzt ist?"

Lehrer Hansen trat wieder zum Fenster. Leise sagte er: „Ich habe Annika tatsächlich nie wieder gesehen. Aber Ihre letzte Frage kann ich bejahen. Ich weiß, wo Annika jetzt ist."

Charlie wagte es nicht, ihn in seinen Erinnerungen, denen er wohl nachhing, zu stören.

Endlich redete er weiter. „Annika liegt auf dem Alten Friedhof hinter der Kirche. Sie wurde nur 17 Jahre alt."

„Also war sie doch sehr krank, und ihre Eltern irrten sich, als sie dachten, Annika wäre in Bayern wieder gesund geworden."

Lehrer Hansen goss sich noch einmal Kaffee ein, dann setzte er sich wieder an den Tisch. „Annika hat sich das Leben genommen", sagte er leise.

Charlie starrte ihn an. Sie wusste nicht, was sie sagen sollte. Sie hatte das Gefühl, dass ihr diese Geschichte bekannt vorkam. Bingo. Endlich fiel es ihr ein. Einer der Artikel, den sie im Archiv des „Bremer Anzeigers" ausgegraben hatte, berichtete über den Selbstmord einer Annika H. Sie nahm sich vor, später noch einmal die Kopie des Artikels zu lesen.

Der Lehrer sah sie an. „Warum sie das getan hat, weiß ich wirklich nicht. Ich wünschte, es wäre anders."

„Und Daniel Kuhn?" fragte Charlie. „Wie hat er darauf reagiert?"

„Daniel Kuhn ging bereits einige Wochen vor dem Selbstmord seiner Freundin nach Berlin. Ob er jemals von ihrem Tod erfahren hat, weiß ich nicht."

„Und Sie haben keine Vermutung, was Annika dazu gebracht haben könnte, sich das Leben zu nehmen?"

Der Lehrer schüttelte den Kopf. „Weder ihre Familie noch sonst jemand konnte oder wollte mir etwas sagen."

Er seufzte. „Ach, Gott, das sind so alte Geschichten. Sicher haben Sie gar nichts mit Ihrem Fall zu tun."

„Ich bin froh, dass Sie mir das alles erzählt haben. Wer weiß, vielleicht hilft es mir doch weiter. Im Moment habe ich zwar noch keine Ahnung, wie, aber wir werden sehen. Eine Frage hätte ich noch: Kennen Sie jemanden, der etwas über Annikas seltsame Krankheit gewusst haben könnte?"

„Natürlich. Pfarrer Hagemann. Annika war sehr aktiv in der Gemeinde. Sie und der Pfarrer hatten deshalb viel miteinander zu tun."

Charlie verbarg ihre Überraschung. „Wissen Sie, wo Annikas Eltern wohnen? Sie sind wohl damals nach dem Tod ihrer Tochter umgezogen."

Lehrer Hansen zögerte einen Moment.

Charlie spürte, dass er unsicher war, was er tun sollte. Dann nahm er einen Zettel und schrieb die Adresse auf.

„Danke."

Charlie wird provoziert

Pfarrer Hagemann war nicht zu Hause, seine Haushälterin schickte Charlie zur Kirche.

Dort fand sie ihn auf der Empore, wo er an der Orgel saß und gerade im Begriff war zu spielen. Ohne Umschweife kam Charlie zur Sache. „Warum haben Sie mir nichts von Annika erzählt?"

„Sie haben nur nach Daniel Kuhn gefragt."

„Aber Sie wussten, dass jeder Hinweis wichtig sein kann."

Der Pfarrer sah sie an. „Für wen?"

Charlie rang mit den Händen. „Für Kuhns Familie, für meinen Bruder und seine Freunde."

„Diese Leute sind mir nicht wichtig."

Charlie glaubte, nicht richtig zu hören. „Ja, wollen Sie denn nicht, dass der Mörder von Daniel Kuhn gefasst wird?"

Der Pfarrer zuckte mit den Schultern. „Manchmal ist es besser, die Vergangenheit ruhen zu lassen."

Charlie holte tief Luft, um sich abzuregen. „Wovor haben Sie Angst?" fragte sie.

„Zwanzig Jahre ist es jetzt her, dass sich Annika auf grausamste Art das Leben genommen hat, ihre Eltern und ihr Bruder haben seit damals nie wieder ein normales Leben geführt. Verstehen Sie", sagte der Pfarrer leidenschaftlich, „Annikas Tod hat sich wie ein Schatten über die Familie gelegt."

„Nach zwanzig Jahren müssten eigentlich auch die schlimmsten Wunden verheilt sein."

Der Pfarrer schüttelte heftig den Kopf. „Nach solch einer Tat fühlen sich alle schuldig, und durch die besonderen Umstände ..."

„Ja? Sie haben Annika und sicher auch ihre Familie gut gekannt, nicht wahr?"

„Von mir erfahren Sie nichts. Ich stehe, wie Sie wissen, unter Schweigepflicht."

Pfarrer Hagemann legte seine Finger auf die Orgeltasten und begann zu spielen. Eine Bach-Kantate füllte bald die gesamte Kirche aus.

Charlie sah ein, dass das Gespräch beendet war.

Vor der Kirche steckte sie sich eine ihrer selbst gedrehten Zigaretten an. Das Nikotin beruhigte sie und regte gleichzeitig ihre Denkfähigkeit an. Sie fragte sich, warum der Pfarrer plötzlich so abweisend war.

Als sie die Kippe wegwarf, hatte sie einen Entschluss gefasst. Es drängte sie zwar nichts zu diesem Besuch, aber da der Pfarrer sich weigerte auszupacken, hatte sie keine andere Wahl.

Das Haus der Hofmeisters befand sich neben der Eisenwarenhandlung, an der Charlie bei ihrem Spaziergang durch Heeger vorbei gekommen war.

Sie klingelte.

Niemand öffnete.

Charlie drückte noch einmal auf die Klingel. Deutlich hörte sie das laute „Ding-Dong", das sie ausgelöst hatte, doch wieder kam niemand an die Tür.

‚Aller guten Dinge sind drei', dachte Charlie und betätigte die Klingel noch einmal. Als sie eine Bewegung hinter der Gardine sah, schöpfte sie Hoffnung. Sie klopfte energisch.

Endlich wurde die Tür geöffnet. Vor ihr stand eine zierliche Frau. Sie erinnerte Charlie an Kuhns Sekretärin, nur dass diese Frau wesentlich älter war, etwa um die 60, schätzte Charlie. Sie trug einen knöchellangen, grauen Trägerrock und darunter eine cremefarbene Bluse. Ihre Füße waren im Kontrast zu der relativ eleganten Garderobe nackt. Die schwarzen, glatten Haare reichten bis zur Schulter und waren von Silberfäden durchzogen. Früher musste sie einmal sehr schön gewesen sein.

„Ja, bitte?" fragte die Frau schüchtern.

„Es tut mir leid", stotterte Charlie. Der Anblick dieser zarten, verhärmten Frau machte sie verlegen. „Ich möchte Herrn oder Frau Hofmeister sprechen."

„Mein Mann kommt erst am Wochenende zurück, nur mein Sohn ist da."

„Sind Sie Frau Hofmeister?"

Die Frau nickte, machte aber keinerlei Anstalten, Charlie hereinzulassen.

„Frau Hofmeister, mein Name ist Charlie Penceni. Erinnern Sie sich an Daniel Kuhn?"

Die Frau nickte. Eine leichte Röte überzog ihre Wangen. „Was haben Sie mit Daniel Kuhn zu tun?"

„Darf ich vielleicht reinkommen?"

Einen Augenblick zögerte Frau Hofmeister noch, dann trat sie zur Seite. Ohne ein weiteres Wort zu sagen, schloss sie die Tür hinter Charlie und ging voraus in ein großes, helles Wohnzimmer. Sie zeigte auf einen Sessel und ließ sich selbst steif auf der Kante der Couch nieder.

„Frau Hofmeister. Ich glaube, mit meiner Frage nach Daniel Kuhn habe ich Sie erschreckt. Das wollte ich nicht."

„Ich hatte nur nicht damit gerechnet, nach so langer Zeit noch einmal von Daniel zu hören, und ich verstehe nicht, was Sie von mir wollen."

„Wann haben Sie das letzte Mal von Daniel gehört?"

„Vor 20 Jahren."

Charlie nickte. Sie überlegte, wie sie Frau Hofmeister sagen sollte, dass Daniel Kuhn tot war. Instinktiv rechnete sie mit einer heftigen Reaktion, in welcher Form auch immer.

„Vielleicht kann ich Ihnen etwas anbieten?" fragte Frau Hofmeister. Sie erhob sich. „Ich könnte rasch Kaffee kochen, oder möchten Sie lieber ein Glas Wein?"

„Danke, wenn es ein trockener Wein ist, nehme ich gerne ein Glas."

Charlie war froh, einen Moment allein zu sein. Sie stand auf und betrachtete die Fotos über dem Sofa. Auf einigen erkannte sie Frau Hofmeister, meist zusammen mit einem großen, athletischen Mann. Auf anderen war das Ehepaar mit seinen Kindern zu sehen, das Mädchen war sicher Annika, der Junge ihr kleinerer Bruder. Einige Fotos waren offenbar auf Ausflügen entstanden, eines zeigte die beiden Kinder auf einer Wiese neben einem Picknickkorb. Auf einem älteren Foto zog Annika lachend ihren Bruder auf einem Schlitten. Dann gab es noch eine Reihe von Fotos mit Annika in verschiedenen späteren Lebensabschnitten: als Erstklässlerin mit einer riesigen Schultüte, im Sportdress bei einer Siegerehrung, als Konfirmandin, eines war bei ihrem Abschlussball in der Tanzschule aufgenommen worden, und eines zeigte sie mit ihrer Mädchenclique. Ein Porträtfoto war mit einem Trauerflor versehen.

„Das ist meine Annika", sagte Frau Hofmeister plötzlich hinter ihr. „Ich stelle Ihren Wein auf den Tisch."

Charlie zuckte zusammen, sie hatte Frau Hofmeister nicht reinkommen hören. Rasch setzte sie sich wieder hin und probierte den Wein. Er war gut.

Ihre Gastgeberin hatte sich ein Glas Likör mitgebracht. Sie zeigte auf die gegenüberliegende Wand. „Die Bilder dort drüben hat Annika gemalt. Gefallen Sie ihnen?"

Charlie sah sich die Bilder an. Es waren lichte, farbenfrohe Aquarelle, unverkennbar Motive aus Heeger. Charlie erkannte den verwilderten Park, darin eine Bank unter einer Pappel, die Kirche und den Marktplatz.

„Ihre Tochter muss sehr begabt gewesen sein."

„Ja, und das liebenswerteste Geschöpf, das man sich vorstellen kann." In diesem Moment schaltete Frau Hofmeister. „Woher wissen Sie, dass Annika tot ist."

Charlie reagierte schnell und zeigte wortlos auf das Porträt mit dem Trauerflor.

„Ja, natürlich", murmelte Frau Hofmeister.

Charlie kramte in ihrer Tasche und reichte ihr eine Visitenkarte. „Ich bin Privatdetektivin, und ich bin nach Heeger gekommen, um mehr über Daniel Kuhn zu erfahren."

„Irritiert sah Frau Hofmeister sie an. „Was ist mit Daniel?"

„Es tut mir leid, aber Daniel Kuhn ist tot."

„Tot?" rief Frau Hofmeister erregt. „Tot wie meine Annika?"

Charlie nickte. „Ja, und wie Ihre Tochter ist auch er auf unnatürliche Weise gestorben. Er wurde ermordet."

Sie hätte sich die Zunge abbeißen können nach ihrem erneuten Versprecher. Bevor Frau Hofmeister etwas sagen konnte, sagte sie rasch: „Annikas Lehrer, Herr Hansen, hat mir erzählt, dass Annika Selbstmord begangen hat. Er war noch immer ganz erschüttert."

Frau Hofmeister knetete ein Taschentuch zwischen ihren Fingern, sie bemerkte nicht die Tränen, die ihr die Wangen hinunterliefen.

„Es tut mir leid", sagte Charlie, und sie hatte selten etwas so ehrlich gemeint.

Im nächsten Moment passierte das, was sie befürchtet hatte, Frau Hofmeister fing bitterlich an zu weinen.

Hilflos nippte Charlie an ihrem Wein. ‚Könnt ich doch jetzt bloß eine rauchen‘, dachte sie, doch sie wagte es nicht, sich eine Zigarette anzuzünden.

Schließlich folgte sie ihrem inneren Impuls, setzte sich zu der weinenden Frau und nahm sie in die Arme. Sie fühlte den mageren, zitternden Körper, und weil sie nicht wusste, wie sie sie hätte trösten können, wiegte Charlie sie sacht hin und her.

Die Anwesenheit des Mannes nahm sie erst bewusst wahr, als sie den leisen Lufthauch von der offenen Tür her spürte.

Sie ließ Frau Hofmeister los und sah auf.

„Wer sind Sie?" herrschte der Mann sie an. Er war groß und schlank, aber sehr sehnig. „Mutter, was um Himmels willen ist hier los?"

Frau Hofmeister wischte sich über die Augen und schnäuzte sich. Sie versuchte zu sprechen, brachte aber keinen Ton heraus.

Charlie legte ihr die Hand auf die Schulter und stand auf.

„Mein Name ist Charlie Penceni, und wer sind Sie?"

Der Mann war sprachlos.

Ehe er antworten konnte, sagte die Frau leise: „Das ist mein Sohn." Sie schluckte hörbar. „Stefan, stell dir vor, Daniel ist ermordet worden."

„Und was haben wir damit zu tun?" Wütend sah er von Charlie zu seiner Mutter.

„Lehrer Hansen hat ihr von Annika erzählt."

„Ich ..." begann Charlie.

Doch Stefan unterbrach sie. „Was?" Blanker Hass brach aus seinen Augen. „Dieser Wurm wagt es, einer Wildfremden etwas über meine Schwester zu erzählen?"

Er machte einen Schritt auf Charlie zu. Die blieb breitbeinig und hoch aufgerichtet stehen. Stefan sah ihr in die Augen. Sein Blick war fest und selbstbewusst, aber Charlie hielt ihm stand.

„Vielleicht lassen Sie mich erklären, ..." Charlie begann zu kochen, als Stefan sie wieder unterbrach.

„Ich will, dass Sie sofort verschwinden. Vor zwanzig Jahren haben meine Eltern und ich beschlossen, dass der Name Daniel Kuhn nie wieder in diesem Haus genannt wird."

„Stefan", sagte seine Mutter flehend, „hör doch bitte, Daniel ist tot. Er wurde ermordet."

„Und wenn! Um diesen Mistkerl ist es nicht schade!" Stefan griff nach Charlies Umhängetasche und lief damit zur Haustür.

„Hey, geben Sie sofort meine Tasche her."

Charlie wollte hinter ihm herrennen. ‚Zeit, diesem Scheißkerl eins auf die Nase zu geben', dachte sie wutentbrannt.

Doch Frau Hofmeister fasste nach ihrem Arm. „Bitte, lassen Sie ihn. Er meint es nicht so."

Charlie wollte sich losreißen, aber Frau Hofmeister stand auf und flüsterte ihr zu: „Kommen Sie in einer Stunde in den Park, zu Annikas Bank, bitte."

Charlie nickte.

Als sie aus der Haustür trat, war von Stefan nichts zu sehen. Ihre Umhängetasche lag neben dem Gartentor, der Inhalt ringsherum verstreut. Fluchend sammelte Charlie ihre Sachen ein. Wenn sie diesen Kerl jetzt erwischen würde, könnte der nur noch beten. Aber er blieb wie vom Erdboden verschluckt. „Aufgeschoben ist nicht aufgehoben", knurrte Charlie.

Dann beschloss sie, im „Auerhahn" einen Happen zu essen. Freddy hatte versprochen, ihr einen deftigen Bohneneintopf zu kochen.

Unterwegs überlegte sie krampfhaft, was Frau Hofmeister mit „Annikas Bank" gemeint haben könnte. Charlie schlug sich vor die Stirn. Natürlich! Die Bank unter der Pappel, die Annika gemalt hatte.

Charlie erfährt ein Geheimnis

Genau eine Stunde später stand Charlie am vereinbarten Treffpunkt. Annikas Bank war nicht schwer zu finden gewesen. Insgesamt gab es zwei, aber nur diese stand unter einer Pappel.

Sie war sich nicht sicher, ob Frau Hofmeister wirklich kommen würde oder ob ihr Vorschlag, sich hier zu treffen, nur ein Trick gewesen war, um ihrem Sohn einen Vorsprung zu verschaffen. Doch da sah Charlie sie auf sich zukommen.

„Es tut mir leid, dass Stefan so unhöflich war. Wenn es um Annika geht, muss man sich jedes Wort überlegen, sonst ..."

„Sonst rastet er aus", ergänzte Charlie. Sie spürte, wie es wieder in ihr zu kochen begann.

Frau Hofmeister antwortete nicht. Sie setzte sich auf die Bank und klopfte auf den Platz neben sich. „Bitte."

Charlie tat ihr den Gefallen. Sie wusste nicht recht, wie sie beginnen sollte. „Hat sich Ihr Sohn denn wieder beruhigt?" fragte sie schließlich.

Frau Hofmeister nickte. „Ich habe ihm schnell noch sein Essen warm gemacht und ihm gesagt, dass ich spazieren gehe."

„Das stimmt doch auch. Sie haben einen Spaziergang zum Park gemacht."

Frau Hofmeister lächelte. Doch sofort wurde sie wieder ernst. „Stefan ist seit einem Jahr arbeitslos. Er spricht zwar nicht viel darüber, aber ich weiß, dass er sich deswegen wertlos fühlt. Hoffentlich findet er bald wieder etwas."

„Was ist Ihr Sohn von Beruf?"

„Ingenieur, wie sein Vater. Bis vor einem Jahr war er bei der Stadt in Bremen angestellt. Leider mussten sie ihn entlassen."

„Warum?"

Frau Hofmeister zuckte mit den Schultern. „Glücklicherweise wurde mein Mann noch nicht entlassen. Er hat nur einen anderen Aufgabenbereich bekommen, bei dem er viel reisen muss."

„Ist Ihr Mann auch so krass drauf wie Ihr Sohn?"

Wieder huschte ein Lächeln über das Gesicht der Frau. „Sie haben eine merkwürdige Ausdrucksweise." Nachdenklich musterte sie Charlie. „Und Sie sind stark, aber ich glaube, auch sehr sensibel."

„Stört es Sie, wenn ich rauche?" fragte Charlie.

Frau Hofmeister schüttelte den Kopf.

Charlie kramte sehr lange in ihrer Tasche und drehte sich dann eine Zigarette. Nach dem ersten Zug fühlte sie sich gleich besser. Sie überlegte gerade, wie sie Frau Hofmeister dazu bewegen könnte, ihr von Annikas Selbstmord zu erzählen, als die leise anfing zu sprechen.

„Was mein Sohn vorhin sagte, stimmt nicht ganz, - Sie wissen schon, dass wir beschlossen hätten, Daniels Namen nicht mehr zu erwähnen. - Es war nur so, dass wir anfangs ihm die Schuld an Annikas Tod gaben. Besonders Stefan hat sehr unter dem Selbstmord seiner Schwester gelitten. Obwohl er zwei Jahre jünger war als Annika, hat er immer versucht, sie zu beschützen. Manchmal übertrieb er es ein bisschen. Aber die beiden verstanden sich ..." Sie sah Charlie an, „... super", würden Sie bestimmt sagen."

„Was meinen Sie mit ...“

Frau Hofmeister legte ihre Hand auf Charlies Arm. „Bitte lassen Sie es mich auf meine Weise erzählen. Ich möchte nicht noch mal so zusammenbrechen wie vorhin.“

„Okay.“

„Als Annika 17 war, lernte sie Daniel näher kennen. Sie gingen beide auf das Gymnasium, das es früher in Heeger gab. Wir machten uns schreckliche Sorgen, Annika war doch noch viel zu jung für eine feste Beziehung. Aber dann stellte sie uns Daniel vor, und wir hatten einen positiven Eindruck von ihm. Beide waren sehr gute Schüler, sie wollten gemeinsam in Berlin Medizin studieren und später für einige Zeit in die Entwicklungshilfe gehen. Es beruhigte uns, dass sie trotz ihrer Verliebtheit an diesen Zielen festhielten.

Sogar Stefan, der Daniel zu Anfang vehement abgelehnt hatte, akzeptierte ihn nach und nach. Ich glaube, er merkte einfach, wie ernst es seiner Schwester war und dass er sie verloren hätte, wenn er versucht hätte, Annika die Beziehung auszureden oder Daniel schlecht zu machen.

Das einzige, was uns störte, war, dass Annika nicht mehr in der Gemeinde mitarbeitete. Sie hatte den Kinderchor geleitet und nach ihrer Konfirmation auch jeden Sonntag den Kindergottesdienst mitgestaltet. Aber wir dachten eben, es würde ihr alles zuviel.“

„Haben Sie mit Ihrer Tochter darüber gesprochen?“ fragte Charlie.

Frau Hofmeister schwieg.

„Wir haben unseren Kindern immer viel Freiraum gelassen“, fuhr sie schließlich fort. „Mein Mann und ich gingen davon aus, dass sie offen zu uns wären.“

Charlie horchte auf.

Frau Hofmeister erhob sich. Unruhig lief sie hin und her. Charlie musste sich zwingen, ihren Mund zu halten.

Schließlich setzte sich Frau Hofmeister wieder. Sie seufzte und fuhr leise fort: „Eines Tages gestand uns Annika, dass sie schwanger war."

Charlie hielt die Luft an und atmete hörbar aus. Plötzlich ahnte sie etwas.

Frau Hofmeister sah sie an. „Wissen Sie, was das für Annika bedeutete und für uns, in einem kleinen Ort, wie Heeger?"

Charlie nickte. „Ich kann es mir vorstellen, das Gerede und so."

Frau Hofmeister winkte ab. „Natürlich wäre es ein Spießrutenlaufen gewesen. Aber viel schlimmer war, dass Annika mit einem Kind ihre berufliche Zukunft hätte vergessen können, jedenfalls für lange Zeit, vielleicht für immer. Ich habe sogar überlegt, das Kind als meines auszugeben und aufzuziehen. Aber damit war mein Mann nicht einverstanden, und Annika auch nicht. Sie wollte das Kind unbedingt behalten. Mein Mann und Stefan gaben Daniel an allem die Schuld. Irgendwann rastete Stefan völlig aus, Sie haben ihn ja heute erlebt. Er wollte Daniel zur Rede stellen. Bis zu dem Tag hatte Annika das verhindert.

Da entschied sie sich plötzlich, ihr Kind zur Adoption freizugeben. Eine Abtreibung wäre für sie niemals in Frage gekommen. Verstehen Sie? Um es Daniel leichter zu machen, gab meine Tochter ihr Kind weg."

„Wie stand denn Daniel zu dem allen?" fragte Charlie.

„Er wusste nichts von dem Kind."

„Was? Er wusste gar nichts?"

Frau Hofmeister schüttelte den Kopf. „Mich hat das damals zuerst auch gewundert, aber Annika bestand darauf."

„Warum denn?"

„Ehrlich gesagt, ich habe Annika nicht gefragt. Denn eigentlich war ich ganz froh, dass alles in unserer Familie blieb. Das hieß ja auch, dass wir allein entscheiden konnten." Frau Hofmeister seufzte. „Erst viel später wurde mir klar, weshalb sich Annika so verhalten hat... Wir haben sie dann zu meiner Schwester gebracht, als sie im zweiten Monat schwanger war.

„Nach Bayern", warf Charlie ein.

Frau Hofmeister nickte. „Zwei Wochen vor der Geburt fuhr ich zu meiner Tochter. Eine Woche danach kam sie mit mir hierher zurück. Sie hat ihren Sohn niemals gesehen, er wurde ihr gleich weggenommen. Das war Vorschrift, und Annika wollte es auch so. Es wäre sonst zu schwer geworden."

Beide schwiegen.

Charlie ärgerte sich, weil sie merkte, dass diese Geschichte anfing, sie zu deprimieren.

„Hat Daniel denn niemals versucht, etwas von Ihnen zu erfahren?" fragte sie.

„Doch. Er hat sich fast jeden Tag nach Annika erkundigt, als sie in Bayern war. Daniel tat mir sehr leid, und ich war oft nahe daran, ihm die Wahrheit zu sagen. Wissen Sie, der Junge war so durcheinander. Aber ich hatte Annika nun mal versprochen, dabei zu bleiben, dass sie bei ihrer Tante in Bayern wäre, um sich von einer schlimmen Grippe zu erholen." Frau Hofmeister klang sehr verzweifelt. „Mein Gott, hätte ich doch damals nur mit Daniel geredet. Bestimmt wäre dann alles anders gekommen."

„Warum meinen Sie, dass das etwas geändert hätte?" fragte Charlie.

Frau Hofmeister antwortete nicht. Sie schnäuzte sich, dann erzählte sie weiter.

„Kurz nachdem Annika wieder in Heeger war, machte Daniel sein Abitur und ging dann bald nach Berlin, um mit seinem Medizinstudium zu beginnen. Ich verstand das überhaupt nicht. Er wollte doch auf Annika warten. Aber so sehr ich sie auch bedrängte, sie sagte mir nichts."

„Sie haben sich doch sicher Ihre Gedanken gemacht", sagte Charlie, „was haben Sie denn vermutet?"

„Ich habe mir damals alles Mögliche zusammengereimt, zum Beispiel, dass Annika Daniel doch noch die Wahrheit gesagt hat und er mit diesem Vertrauensbruch nicht fertig geworden ist oder dass sich Annika von ihm getrennt hat. Ich hielt es zwischendurch sogar für möglich, dass Stefan Daniel unter Druck gesetzt hat. Aber der schwor Stein und Bein, dass das nicht stimmte."

Charlie überlegte, wie sie Frau Hofmeister behutsam dazu bringen könnte, über Annikas Selbstmord zu sprechen. Sie entschied sich für den direkten Weg. „Ich weiß, dass das alles nicht einfach für Sie ist, aber bitte erzählen Sie mir, warum sich Ihre Tochter das Leben genommen hat."

Frau Hofmeister nickte. „Nachdem Daniel weggegangen war, veränderte sich Annika immer mehr."

„Gab es auch vorher schon Anzeichen, dass es Annika seelisch nicht gut ging?"

„Ja. Im Nachhinein wurde mir klar, dass sie sich eigentlich schon verändert hat, kurz bevor sie schwanger wurde. Annika ging kaum noch aus, ihre Freundinnen durften sie nicht mehr besuchen. Wenn ich sie darauf ansprach, wich sie mir aus.

Als Daniel dann in Berlin war, verließ Annika kaum noch ihr Zimmer. Alles, was ihr früher Spaß gemacht hatte, das Malen und Fotografieren, die Musik und das Tanzen bedeuteten ihr plötzlich nichts mehr. Ihre Arbeit in der Gemeinde hatte sie ja schon vorher aufgegeben. Als Annika drei Wochen nach der Geburt wieder zur Schule gehen sollte, weigerte sie sich plötzlich. Wir verstanden das alles nicht.

Doch das schlimmste war, dass Annika nicht mehr mit uns redete. Sie war sehr deprimiert, aber gleichzeitig auch unruhig. Nachts hörte ich sie oft im Haus herumwandern. Und dann ..." Frau Hofmeister atmete mühsam und schluckte. „Ich mache mir solche Vorwürfe."

Charlie legte ihre Hand auf die der weinenden Frau. „Sie hätten es mit Sicherheit nicht verhindern können."

„Ich hätte es spüren müssen. Ich war doch ihre Mutter. Wäre ich bloß früher in ihr Zimmer gegangen. Als ... Als ich nach ihr sah, lag sie ..." Frau Hofmeister ballte ihre Hände zu Fäusten.

Charlie sah, dass sie ihren ganzen Körper anspannte, um nicht in sich zusammenzufallen.

„Annika lebte noch. Oh, Gott, dieses viele Blut, ihr ganzes Bett war voller Blut."

Sie umklammerte Charlies Hand. Das Entsetzen stand ihr ins Gesicht geschrieben, als sie mühsam weitersprach: „Mein Mädchen hatte sich so furchtbar zugerichtet, so furchtbar. Ihr Unterleib war voller Wunden, und sie hatte sich die Pulsadern aufgeschnitten. Irgendwann hörte ich Stefan schreien. Er stand plötzlich hinter mir. Da merkte ich erst, dass ich das Messer in der Hand hielt, mit dem sich mein Kind ..."

Frau Hofmeister presste sich plötzlich an Charlie und ließ ihren Tränen freien Lauf.

Sehr lange Zeit saßen sie so. Charlie ging in Gedanken noch einmal durch, was ihr Frau Hofmeister erzählt hatte. Irgendetwas war nicht stimmig gewesen. Doch sie kam nicht darauf, was sie irritierte.

Frau Hofmeister beruhigte sich allmählich.

Sie löste sich aus Charlies Armen. „Danke", sagte sie.

„Danke wofür?" fragte Charlie verlegen.

„Dafür, dass Sie mir zugehört haben. Ich habe noch niemals jemandem erzählt, was damals passiert ist."

„Aber konnten Sie nicht mit Ihrem Mann ..."

Frau Hofmeister schüttelte den Kopf. „Mein Mann wählte für sich den Weg, so weiterzumachen wie vorher, nur dass er sich noch mehr in seine Arbeit stürzte. Manchmal ist er wochenlang unterwegs.

Und wie Stefan reagiert, wenn jemand den Namen seiner Schwester erwähnt, haben Sie ja erlebt. Er hat sich immer mehr in seinen Hass auf Daniel Kuhn verloren."

Sie fuhr sich durch ihr Haar. „In den ersten Jahren war es noch nicht so schlimm, damals litt Stefan vor allem darunter, dass seine Schwester nicht mehr da war. Ich erinnere mich nicht, wann seine Trauer in Hass umschlug. Ich glaube, dass Stefan dieses Gefühl leichter erträgt als seine Verzweiflung."

Frau Hofmeister sah Charlie an. „Wissen Sie", sagte sie leise, „es klingt bestimmt schrecklich, aber im Nachhinein war ich richtig froh, dass Daniel damals so schnell aus Heeger weggegangen ist. Ich weiß nicht, was passiert wäre, wenn er und Stefan sich noch einmal begegnet wären."

Charlie nickte. „Das verstehe ich. Es muss all die Jahre sehr schwer für Sie gewesen sein, dass Sie mit niemandem über Ihre Gefühle sprechen konnten. Hätten Sie nicht zu Pfarrer Hagemann gehen können? Er und Ihre Tochter standen sich doch offenbar sehr nah."

„Niemals!"

Diese Antwort kam so prompt und energisch, fast hysterisch, dass Charlie verblüfft war. Doch ehe sie nachhaken konnte, klickte etwas anderes bei ihr.

„Sie sagten vorhin, am Anfang hätten Sie alle Daniel die Schuld an dem gegeben, was mit Ihrer Tochter passiert ist. Tun Sie das immer noch?"

„Ich nicht."

„Warum nicht?"

Frau Hofmeister stand auf. „Es ist nicht mehr wichtig, wer die Schuld trägt. Ich muss jetzt gehen."

Charlie erhob sich auch. „Ich begleite Sie noch ein Stück."

Gemeinsam gingen sie zum Eingang des Parks.

Frau Hofmeister reichte Charlie die Hand. „Ich möchte jetzt allein weitergehen. Leben Sie wohl."

Überrascht sah Charlie ihr nach, wie sie mit gestrafftem Rücken über den Marktplatz ging.

An diesem Abend lag Charlie lange wach. Immer wieder dachte sie über das nach, was Frau Hofmeister ihr erzählt hatte. Ihr Instinkt sagte ihr, dass irgendetwas nicht stimmte, aber sie kam nicht darauf, was es sein könnte. Sie wusste nur, dass sie einiges nicht verstand, zum Beispiel weshalb Annika Daniel nichts von ihrer Schwangerschaft erzählt hatte. Oder hatte sie es später doch getan? War es deshalb zum Bruch zwischen ihnen gekommen, oder gab es dafür ganz andere Gründe? Und warum war Annika depressiv geworden?

Ihre Mutter glaubte offenbar, dass es die Trennung von Daniel gewesen war. Andererseits hatte sie gesagt, Annika hätte sich auch vorher schon, kurz vor ihrer Schwangerschaft, verändert. Gab es da vielleicht bereits Konflikte zwischen ihr und Daniel?

Extrem erschien ihr auch Stefans Hass auf Daniel Kuhn, aber er musste seine Schwester wirklich sehr geliebt haben. Und da er und seine Eltern offenbar den Mantel des Schweigens über Annikas Tod gehängt hatten, war es für ihn nie möglich gewesen, das Trauma zu verarbeiten. Andererseits wurden die meisten Morde aus starken Gefühlen heraus begangen, Eifersucht, Hass oder Neid.

Charlie seufzte. Ihr fiel wieder Frau Hofmeisters heftige Reaktion ein, als sie Pastor Hagemann erwähnte. Sicher hatte diese Frau den Glauben an Gott und die Kirche verloren.

Da erinnerte sich Charlie noch an etwas: die Wunden in Annikas Unterleib, von denen Frau Hofmeister gesprochen hatte. Ein junges Mädchen, das sich die Pulsadern aufschnitt, war höchstwahrscheinlich verzweifelt, aber ein Mädchen, das sich zusätzlich noch Stichwunden beigebracht hatte, musste entweder schizophren sein oder...? ‚Oder sie muss sich selbst abgrundtief gehasst haben', dachte Charlie.

Bestimmt war Annika nicht damit fertig geworden, dass sie ihr Kind weggegeben hatte. Wie war sie überhaupt zu dieser Entscheidung gekommen?

Für Charlies Geschmack viel zu viele ungelöste Fragen, von denen ihr die meisten niemand beantworten konnte.

Aber am schlimmsten war, dass Charlie keine Ahnung hatte, ob diese ganzen schrecklichen Ereignisse überhaupt etwas mit dem Mord an Daniel Kuhn zu tun hatten. Ihr einziger Anhaltspunkt war Stefans Hass.

Ihn würde sie sich morgen zur Brust nehmen, und zwar auf die harte Tour.

Charlie knöpft sich Stefan vor

Wie gerädert wachte sie gegen neun Uhr auf. Die inneren Bilder, die Frau Hofmeisters Bericht hervorgerufen hatten, waren ihr bis in die Träume gefolgt.

Charlie duschte ausgiebig und putzte sich die Zähne. Dann tauschte sie ihren weiten Rock, den sie in den letzten Tagen getragen hatte, und ihre flachen Treter gegen bequeme Jeans und Baseball-Stiefel.

„Na", Freddy stemmte seine Hände in die Hüften, „das sieht ja aus wie ein Kampfanzug."

„Mach mir lieber ein deftiges Frühstück", knurrte Charlie, „und mit Quatschen is heut Morgen nich, ich muss nachdenken."

„Aha, die Signora hat schlechte Laune."

Freddy verschwand und kam mit einer Kanne Kaffee zurück.

Zehn Minuten später servierte er Charlie Rührei mit Schinken, Toast, Butter, frische Brötchen, Rohkost und Brombeergelee.

Charlie verputzte alles bis auf die Rohkost. So langsam besserte sich ihre Laune. Sie goss sich noch eine Tasse Kaffee ein und rauchte zwei Zigarette

„Von dem Gelee kannst du mir ein paar Gläser einpacken", rief sie, bevor sie sich auf den Weg machte.

„Willst du mich etwa verlassen?" Freddy kam aus der Küche. Doch es war niemand mehr im Schankraum.

Charlie sah auf die Uhr. Es war halb elf. Frau Hofmeister wirkte sehr erstaunt, als sie die Tür öffnete. „Ich dachte nicht, dass wir uns noch einmal sehen würden", sagte sie.

„Ich möchte mit Ihrem Sohn sprechen. Ist er da?"

Frau Hofmeister nickte. „Ja. Kommen Sie rein."

„Wie geht es Ihnen?" fragte Charlie.

„Danke, eigentlich ganz gut."

Frau Hofmeister ging voran ins Wohnzimmer.

„Stefan, die Polizistin möchte mit dir sprechen."

Stefan lag auf dem Sofa und las Zeitung. Abrupt setzte er sich auf. „Was wollen Sie von mir?" Seine ganze Körperhaltung drückte Abwehr aus.

„Ich habe nur ein paar Fragen", sagte Charlie so freundlich sie konnte, in ihr kochte schon wieder die Wut hoch. Aber sie wollte Stefan nicht provozieren, zumindest nicht sofort.

„Ich wüsste nicht, worüber ich mit Ihnen sprechen sollte." Stefan knallte die Zeitung auf den Tisch.

„Junge, bitte, hör dir doch wenigstens an, was sie von dir will."

Frau Hofmeister sah zu Charlie. ‚Haben Sie Geduld mit ihm', schienen ihre Augen auszudrücken. Laut sagte sie: „Ich will noch etwas Gemüse vom Markt holen. Bis später."

Damit ging sie.

Charlie setzte sich. „Ich darf doch?"

„Glauben Sie ja nicht, ich wüsste nicht, dass meine Mutter sich gestern mit Ihnen getroffen hat. Sicher hat sie Ihnen schon viel mehr erzählt, als ...“

„Als sie hätte dürfen?“

„Meine Mutter ist ein freier Mensch.“

„Dann ist es ja gut. Hören Sie, um ein Gespräch mit mir kommen Sie nicht herum. Sie bestimmen die Gangart. Und glauben Sie mir, ich bin schon mit ganz anderen Typen fertig geworden.“

„Wollen Sie mir etwa drohen?“

Charlie schüttelte den Kopf. „Ich will Ihnen nur die Realität vor Augen führen.“

Stefan wollte etwas sagen, doch Charlie ließ ihn nicht zu Wort kommen. „Sie wussten, dass Daniel Kuhn in Berlin Medizin studiert hat.“

„Natürlich. Das wusste hier jeder.“

„Und wussten Sie auch, dass er für ein Semester in den Vereinigten Staaten war?“

„Warum ist das wichtig?“

„Ich habe die Theorie, dass sie die ganzen letzten 20 Jahre über Daniel Kuhns Werdegang, auch über seine privaten Verhältnisse, informiert waren. Also, wussten Sie Bescheid?“

Stefan zögerte. Dann nickte er. „Ja.“

„Woher?“ fragte Charlie.

„Gegenfrage: Woher haben Sie Ihre Informationen über Daniel? Ich wette, übers Internet.“

Charlie nickte langsam. „Stimmt, aber bis vor 10 Jahren war das Internet noch kaum verbreitet. Hielten Sie vielleicht persönlich Kontakt zu Kuhn, unter dem Deckmantel der Freundschaft?"

„Dieses Schwein war für mich in dem Moment gestorben, als Annika zu unserer Tante ging. Daniel hätte das verhindern und zu seinem Kind stehen müssen. Dass sie ihr Baby weggeben musste, war schon schlimm genug für Annika, aber dass dieses Arschloch sie dann noch hat sitzen lassen ..."

„Sie glauben, Annika hat sich deswegen umgebracht?"

„Meine Schwester würde heute noch leben, wenn sich Daniel wie ein Mann verhalten hätte. Er hat Annika nur ausgenutzt. Mein Gott, wie oft habe ich versucht, sie vor ihm zu warnen. Aber sie war blind vor Liebe."

Obwohl Charlie geahnt hatte, dass Stefan Daniel Kuhn bis aufs Blut hasste, war sie doch von der Heftigkeit seiner Reaktion überrascht. Sie musste seine nachlassende Kontrolle über seine Gefühle nutzen. „Also, ich frage Sie noch einmal, Stefan, woher wussten Sie von Kuhns Auslandsaufenthalt?"

Stefan wand sich. „Von Pastor Hagemann", sagte er schließlich.

„Der Pfarrer hielt demnach Kontakt zu Daniels Eltern?"

„Ja. Sie waren miteinander befreundet. Aber vor ungefähr 14 Jahren brach der Kontakt zwischen ihnen ab."

Charlie war sich nicht sicher, ob sie ihm das glauben sollte, aber andererseits ließ sich diese Behauptung leicht überprüfen. Sie beschloss, zum Frontalangriff überzugehen. „Wo waren Sie am 15. Juni zwischen 22 und 24 Uhr?"

„Sind Sie verrückt? Wissen Sie immer genau, wo Sie zwei Wochen vorher waren?"

Charlie nickte. „Ich schreibe Tagebuch wie alle braven Mädchen."

Stefan starrte sie an. Dann stützte er seine Ellbogen auf die Beine und vergrub seinen Kopf in den Händen. Als er aufblickte, sah er Charlie trotzig an. „Ich war im Kino. In Bremen."

„Welcher Film?"

„Herrgott, ich gehe sehr oft ins Kino, da weiß ich wirklich nicht mehr, wann ich mir welchen Film angesehen habe."

„Sollten Sie aber. Haben Sie noch die Eintrittskarte?"

Stefan sprang auf.

„Sie wollen mir wohl unbedingt was anhängen", schrie er. „Nennen Sie mir einen guten Grund, warum ich Daniel hätte töten sollen!"

„Hass, Rache. Das wären schon zwei gute Gründe. Sie hassen Daniel Kuhn noch immer, obwohl 20 Jahre vergangen sind und es offenbar Ihre Schwester war, die die Verbindung zu Daniel gelöst hat."

„Das hat Ihnen bestimmt meine Mutter erzählt! Und wenn! Zu einem Mord gehört mehr als ein Motiv. Wie heißt es immer so schön: Motiv, Mittel und Gelegenheit!"

„Genau, das Motiv hätten wir schon geklärt: Hass. Kommen wir jetzt zu dem Mittel. Daniel Kuhn wurde mit einem Stein erschlagen, genauer gesagt, mit einem Pflasterstein, den Sie leicht irgendwo aufsammeln konnten."

Der Ausdruck von Verwunderung in Stefans Augen blitzte nur für einen ganz kurzen Moment auf, aber Charlie war er nicht entgangen.

Stefan schlug mit der Faust auf den Tisch. „Sie müssen mir nachweisen, dass ich zur Tatzeit dort war. Ich muss nicht meine Unschuld beweisen. Und Sie können mir gar nichts anhängen!"

„Wenn Sie sich da mal nicht täuschen."

Charlie erhob sich. „Sie hätten eben meine Umhängetasche nicht anfassen sollen und all die anderen Sachen, die Sie draußen im Garten verteilt haben."

Feindselig starrte Stefan Sie an. „Was soll das denn jetzt?"

„Das war nicht nur kindisch, sondern auch dumm", fuhr Charlie fort. „Ich habe veranlasst, dass Ihre Fingerabdrücke auf meinen Sachen mit denen auf dem Mordwerkzeug verglichen wurden. Und sie waren identisch. Sie, Stefan Hofmeister, haben Professor Daniel Kuhn aus Rachsucht ermordet."

Mit einem Satz sprang Stefan auf sie zu und warf sie in den Sessel. Sein Angriff kam so plötzlich, dass Charlie im ersten Moment völlig perplex war. Diese Sekunde nutzte Stefan und warf sich auf sie.

Sie sah sein wutverzerrtes Gesicht dicht vor sich. ‚Gleich habe ich ihn', dachte sie und spannte alle Muskeln an. Dann ließ sie sich plötzlich schlaff in den Sessel zurückfallen. Stefan lockerte seinen Griff vor Überraschung nur ganz kurz, doch dieser Moment reichte, und Charlie warf ihn blitzschnell nach hinten. Stefan taumelte. Sofort war er wieder auf den Beinen.

„Sie haben nichts gegen mich in der Hand", schrie er außer sich vor Wut.

Er wollte sich erneut auf Charlie stürzen. Doch die wehrte seinen Schlag diesmal ab, packte seinen rechten Arm und bog ihn nach hinten.

Stefan schrie auf vor Schmerz. Er versuchte zu treten. Aber Charlie hielt ihn eisern umklammert.

„Sie versuchen, mich hereinzulegen!" schrie er. „Glauben Sie im Ernst, ich würde Ihnen abnehmen, dass der Mörder so dumm gewesen ist, den Felsbrocken, mit dem er Daniel erschlagen hat, herumliegen zu lassen?"

Charlie ließ Stefan so abrupt los, dass der strauchelte. Sie warf ihn aufs Sofa.

„Sie haben sich soeben selbst entlarvt", sagte sie ruhig.

Verständnislos starrte Stefan sie an, während er seinen schmerzenden Arm rieb.

„Nur die Polizei und der Mörder wissen, dass Daniel Kuhn mit einem Felsbrocken erschlagen wurde."

„Aber Sie haben doch selbst ..."

„Ich habe von einem Pflasterstein gesprochen", unterbrach ihn Charlie.

Stefan stemmte sich hoch, doch bevor er sich auf sie stürzen konnte, verpasste ihm Charlie einen Kinnhaken. Mit einem leisen Ächzen fiel er zurück.

„Legen Sie sich besser nicht mit einer Boxerin an." Charlie lehnte sich zu Stefan hinunter. „Sie haben Daniel Kuhn mit einem Felsbrocken erschlagen und ihn dann in den Fluss geworfen."

„Das müssen Sie mir erst mal nachweisen."

„Keine Sorge, das werden wir. Es mag vielleicht eine Weile dauern, aber ich bin mir sicher, dass wir genug Zeugen finden, die Sie gesehen haben, zum Beispiel in der Nähe von Kuhns Haus. Und selbst wenn Sie dort keinem aufgefallen sind, finden wir garantiert jemanden, der Sie zufällig auf dem Unigelände oder in der Stadt gesehen hat. Schließlich können Sie sich nicht unsichtbar gemacht haben."

Stefan schwieg.

Charlie richtete sich auf.

„Dass Sie den Tod Ihrer Schwester, die Sie sehr geliebt haben, rächen wollten, könnte ich vielleicht noch verstehen, auch wenn es eine lange geplante Tat war, aber dass sie den Verdacht auf die Tierrechtler gelenkt haben, ist wirklich das allerletzte."

„Das war genau die Chance, die ich brauchte", sagte Stefan, „es passte einfach alles perfekt zusammen."

Charlie nickte. „Ihr Psychoterror gegen Daniel Kuhn, die Drohanrufe, Bestellungen in seinem Namen, der Anschlag, - die Öffentlichkeit war nur zu gern bereit, sofort die Tierrechtler zu verdächtigen, und das hatten Sie einkalkuliert", sagte sie grimmig.

„Ich habe nicht mit dem Terror gegen Daniel angefangen."

„Aber Sie haben sich reingeklinkt, als Trittbrettfahrer."

Stefan winkte müde ab, seine Wut war verraucht, fast wirkte er erleichtert.

„Eines verstehe ich nicht", sagte Charlie, „warum haben Sie 20 Jahre gewartet mit Ihrer Rache? Lange 20 Jahre?"

„Es stimmt nicht, dass ich die ganze Zeit über wusste, wo Daniel war. Nach seinem Studiensemester in den USA verlor ich ihn für viele Jahre aus den Augen. Dann stieß ich zufällig auf eins seiner wissenschaftlichen Bücher. Erst anhand seiner Veröffentlichungen konnte ich herausfinden, an welche Uni er berufen worden war und später dann auch, wo er lebte."

„Da nahmen Sie Kuhns Spur wieder auf."

„Ja. Er hatte inzwischen geheiratet, und sein Sohn war gerade geboren worden."

„Trotzdem warteten Sie weiter", sagte Charlie. „Weshalb?"

Stefan ballte seine Hände zu Fäusten und starrte sie an.

„Also?" fragte Charlie scharf.

Stefan hob seine Schultern. „Ich weiß es nicht. Aber ..."

„Aber?"

„Ach, nichts, jetzt war einfach genau der richtige Zeitpunkt."

„Weil Sie den Verdacht auf die Tierrechtler lenken konnten."

„Ja." Stefan nickte. „Und ... und weil jetzt genauso viele Menschen durch Daniels Tod leiden wie damals, als Annika starb."

Unwillkürlich musste Charlie an den kleinen Lars denken. Bevor sie etwas sagen konnte, sprach Stefan leise weiter.

„Der Mord an Daniel war nicht für diesen Tag geplant. Eigentlich wollte ich noch ein paar Wochen warten, bis seine Nerven richtig blank lagen." Stefan ballte wieder die Fäuste. „Daniel hatte lange gearbeitet und war dann noch eine Weile mit seinem Auto herumgefahren. Am Hafen hielt er an und stieg aus. Er wollte offenbar spazieren gehen. Ich folgte ihm in sicherer Entfernung. Er lief zu der Stelle am Fluss, wo die vielen runtergestürzten Felsbrocken liegen. Plötzlich sah ich einen dieser Tierrechtler."

„Wann war das?"

„Gegen 23 Uhr."

„War er allein?"

Stefan nickte. „Der Typ trug zwei kleine Hunde, und mir war sofort klar, dass er nicht gesehen werden wollte."

„Und da überlegten sie sich, dass jemand, der eh im Visier der Polizei war und der kein Alibi haben würde, weil er allein unterwegs war, sofort unter Verdacht stehen würde."

Als Stefan nichts sagte, fuhr Charlie ungeduldig fort. „Deshalb haben Sie beschlossen, Daniel Kuhn in dieser Nacht umzubringen."

Stefan reagierte nicht. Mit starrem Gesicht sah er an ihr vorbei. Charlie folgte seinem Blick.

In der Wohnzimmertür stand Frau Hofmeister. Sie war leichenblass. Ohne ein Wort zu sagen, drehte sie sich um und ging. Charlie zuckte zusammen, als sie die Haustür ins Schloss fallen hörte.

Stefan vergrub sein Gesicht in den Händen und begann zu weinen.

Charlie benachrichtigte die Polizei.

Sofort, nachdem Stefan verhaftet worden war, machte sich Charlie auf die Suche nach Frau Hofmeister. Sie hoffte inständig, dass sie sie im Park finden würde.

Frau Hofmeister saß auf Annikas Bank. Ihre Arme hatte sie fest um ihren Körper geschlungen. Unaufhaltsam rannen Tränen ihre Wangen hinunter, während sie sich vor und zurück schaukelte.

Charlie setzte sich neben sie. Eine Mischung aus Erleichterung, Mitleid und Schuldgefühlen machte es ihr unmöglich, etwas zu sagen. Sie steckte sich eine Zigarette an. Das beruhigte sie etwas.

Doch je länger Frau Hofmeister in diesem Schaukeln und lautlosem Weinen verharrte, umso schwerer fiel es Charlie, die Situation zu ertragen. Schließlich brach sie das Schweigen. „Ich wünschte, Sie hätten es nicht auf diese Weise erfahren."

Frau Hofmeister reagierte nicht.

Vorsichtig legte Charlie ihren Arm um sie und tupfte ihr mit der anderen Hand umständlich die Tränen fort.

Da begann die Frau zu schreien. Es klang wie der Schrei eines Rehs, das von einem Jäger angeschossen wurde.

„Er war es doch nicht! Mein Gott, er kann doch nichts dafür. Er war es nicht!"

„Doch, Frau Hofmeister, Ihr Sohn hat Daniel umgebracht. Aber ich bin sicher, er bekommt mildernde ..."

„Nein! Nein! Sie verstehen nicht!" Frau Hofmeister schrie hysterisch. „Er war es nicht. Er war doch nicht schuld!"

Ihr Schreien ging in leises Wimmern über.

Charlie nahm sie in die Arme und hielt sie fest, bis sie sich beruhigte. „Kommen Sie", sagte sie, „ich bringe Sie nach Hause."

Mühsam erhob sich Frau Hofmeister. Charlie stützte sie.

„Wann kommt Ihr Mann zurück?"

„Morgen", sagte Frau Hofmeister und begann wieder, leise zu weinen.

„Soll ich Sie zu einem Arzt bringen?" fragte Charlie.

Frau Hofmeister schüttelte den Kopf. „Ich will nach Hause. Ist Stefan ...?"

„Ihr Sohn ist nicht mehr da. Wenn Sie wollen, bleibe ich bis morgen bei Ihnen."

Ein weiterer Mord geschieht und Charlie nimmt Abschied

Charlie brachte Frau Hofmeister ins Bett und blieb bei ihr, bis sie eingeschlafen war.

Dann stellte sie sich ans offene Fenster und rauchte eine Zigarette. Allmählich verschwand das Gefühl von Beklommenheit.

Charlie ging in die Küche und bereitete eine Gemüsesuppe zu. Bevor sie sich wieder an Frau Hofmeisters Bett setzte, rief sie kurz Freddy an, um ihm zu sagen, dass sie erst morgen zurückkommen würde.

Als es dunkel wurde, legte sich Charlie unten im Wohnzimmer auf die Couch. Bald fiel sie in einen bleiernen Schlaf. Sie wachte nicht einmal auf, als die Haustür ins Schloss fiel.

Unruhig warf sich Charlie hin und her. Sie träumte von Telefonen, Hunderte von Telefonen klingelten und wollten nicht aufhören.

Sie schrak hoch. Verwirrt sah sie sich um. Langsam erinnerte sie sich, wo sie war. Sie sah auf die Uhr. Es war grade mal fünf. Charlie fuhr sich durch ihre Stoppelhaare. Verdammt, sie war doch wach, warum hörte sie denn immer noch ein Telefon klingeln? Im nächsten Moment sprang Charlie von der Couch zum Telefontisch und nahm den Hörer ab. „Ja, hier bei Hofmeister."

Stille am anderen Ende.

„Wer ist denn da?" rief Charlie. „Verdammt, melden Sie sich doch." Sie vernahm nur ein leises Stöhnen. „Bitte sagen Sie, wer Sie sind."

„Frau Penceni, helfen Sie ..."

„Frau Hofmeister?" Charlie war alarmiert bis in die Haarspitzen. „Frau Hofmeister, sind Sie das?" fragte sie noch einmal.

„Ja. Ich, er, o Gott." Frau Hofmeister begann zu schluchzen.

Während Charlie in ihre Jeans sprang und weiter das Telefon an ihr Ohr presste, versuchte sie, einen Sinn in Frau Hofmeisters Stammeln zu erkennen. Es gelang ihr nicht.

„Bitte, Sie müssen mir sagen, wo Sie sind."

Frau Hofmeister weinte und sprach dabei so leise, dass Charlie sie kaum verstand. Plötzlich glaubte sie, den Namen des Pfarrers gehört zu haben. „Sind Sie bei Pfarrer Hagemann?"

„Ja."

„Rühren Sie sich nicht von der Stelle!" schrie Charlie, „ich bin sofort bei Ihnen."

Die Haustür war zu ihrer Erleichterung nur angelehnt. Sie ging hinein.

„Frau Hofmeister? Hallo, ich bin es, Charlie. Pfarrer Hagemann?"

Niemand antwortete.

Charlie rannte zuerst in die Bibliothek, dann in die anderen Zimmer im Erdgeschoss. Nirgends gab es eine Spur vom Pfarrer oder von Frau Hofmeister. Ob sie sie doch falsch verstanden hatte?

Charlie sprintete die Treppe hoch in den ersten Stock. Wieder rief sie. Nichts. Auch das Bad war leer. Da hörte Charlie ein leises Geräusch, das aus dem Zimmer gegenüber von der Treppe zu kommen schien. Sie lief hin und stieß die Tür auf. Es war das Schlafzimmer.

Der Anblick, der sich Charlie bot, ließ ihr das Blut in den Adern gefrieren. Im Bett, halb liegend, halb sitzend, sah sie den Pfarrer. Er war über und über mit Blut besudelt. In seiner Brust steckte ein Messer. Aber die größte Blutlache hatte sich unter seinen Oberschenkeln gebildet.

Auf dem Boden, vor dem Bett saß Frau Hofmeister. Sie hatte ihre Arme um die angewinkelten Beine geschlungen und starrte mit ausdruckslosem Gesicht zur Tür. Doch sie schien Charlie nicht wahrzunehmen.

Die ging zum Bett, sorgsam darauf bedacht, nicht in die Blutspritzer zu treten. Der Pfarrer war tot. Charlie bückte sich zu Frau Hofmeister und berührte sie sacht. Doch die reagierte nicht. In diesem Augenblick bemerkte Charlie das aufgeschlagene Buch in Frau Hofmeisters Schoß. Sie nahm es und sah, dass es ein Tagebuch war. Einen Augenblick zögerte Charlie, dann ließ sie es in ihrer Umhän-

getasche verschwinden und alarmierte die Polizei und den Not-
arzt.

Erst am späten Nachmittag durfte Charlie das Polizeirevier verlassen. Es war ein ausführliches Protokoll angefertigt worden.

Frau Hofmeister lag im Krankenhaus, sie war nicht vernehmungs-
fähig. Die Fingerabdrücke an dem Messer belegten aber eindeutig,
dass sie den Pfarrer getötet hatte.

Hinsichtlich ihres Motivs tappte man im Dunkeln.

Charlie wollte niemanden sehen. Sie ging in den Park, setzte sich auf Annikas Bank und drehte sich eine Zigarette. Zum ersten Mal bekam sie nach dem Rauchen Magenschmerzen. Da fiel ihr ein, dass sie seit der Gemüsesuppe am Abend vorher nichts mehr gegessen, dafür aber auf dem Polizeirevier jede Menge Kaffee in sich reingeschüttet hatte.

Sie holte das Tagebuch aus ihrer Tasche und sah sofort, dass es von Annika war. Charlie begann zu lesen.

Eine Stunde später schlug sie es erschüttert zu. Sie überlegte. Frau Hofmeister hatte gewollt, dass sie das Tagebuch fand. Dessen war sich Charlie sicher. Doch es war ein wichtiges Beweismittel und gehörte in die Hände der Polizei. Charlie war hin und her gerissen. Würde der Staatsanwalt wirklich ernst nehmen, was ein siebzehnjähriges Mädchen vor 20 Jahren ihrem Tagebuch anvertraut hatte? Niemand konnte ihre Anschuldigungen mehr beweisen. Der Pfarrer war tot. Warum wollte Frau Hofmeister, dass sie Annikas Tagebuch las? Unruhig stand Charlie auf.

Ihre Gedanken wanderten zu Stefan und zu Daniel Kuhn.

Da verstand Charlie. Frau Hofmeister wusste, dass ihr Sohn eine doppelte Schuld auf sich geladen hatte, und sie wollte, dass er oder sonst jemand es niemals erfuhr.

Als Charlie vor dem „Auerhahn" stand, traf sie eine Entscheidung: Sie musste es Frau Hofmeister überlassen, ob sie über ihr Motiv und damit über die Ungeheuerlichkeit sprechen wollte, die Annikas Tagebuch enthüllte.

Charlie fragte sich, wann Frau Hofmeister davon erfahren hatte. Sie seufzte. Für die Gegenwart war es nicht mehr wichtig.

Charlie duschte und war gerade dabei, sich abzutrocknen, als es an ihrer Zimmertür klopfte.

„Moment!" rief sie und zog sich rasch an.

Dann öffnete sie. Vor der Tür stand Freddy mit einem Tablett voller Köstlichkeiten.

„Ich dachte, du brauchst mal wieder eine vernünftige Mahlzeit", sagte er.

„Woher weißt du, dass ich beinahe umkomme vor Kohldampf?"

„Das habe ich sofort gesehen, als du vorhin endlich wieder aufgetaucht bist."

„Ach, Freddy", seufzte Charlie.

„Du bist deprimiert, stimmt`s?" fragte er und stellte das Tablett auf den Tisch.

„Ach, Freddy."

„Wenn eine Frau zweimal „ach, Freddy" seufzt, will sie entweder mit mir ins Bett oder getröstet werden."

Er betrachtete Charlie forschend.

„Ich fürchte, bei dir muss ich mit der zweiten Möglichkeit vorlieb nehmen. Soll ich dir Gesellschaft leisten?"

„Musst du nicht unten bei deinen Gästen sein?"

„Kurt kann das genauso gut."

Charlie nickte. „Aber ..."

Freddy hob beide Hände. „Ich weiß, nur essen und quatschen."

Charlie lächelte dankbar.

Am nächsten Morgen verstaute Charlie ihren Rucksack im Auto. Dann widmete sie sich noch einmal ausgiebig Freddys Frühstück.

Zum Abschied tranken sie einen Schluck Champagner zusammen. Freddy prostete ihr zu. „Charlie, ich werd dich vermissen."

„Ich dich auch, Freddy, und vor allem dein köstliches Essen."

„Danke. Ich hab dir übrigens ein paar Gläser von dem Brombeergelee in deine Tasche getan. Seh ich dich wieder?"

Charlie nickte. „Bei den Verhandlungen gegen Stefan und seine Mutter muss ich aussagen. Dann werd ich mich bei dir einquartieren."

„Na, wie ich die deutsche Justiz kenne, kann das noch ein Weilchen dauern, bis Anklage erhoben wird. Gib mir auf jeden Fall früh genug Bescheid, damit ich dir mein „Süße-Träume-Zimmer" reservieren kann."

Er legte seine Arme um Charlie. „Gibst du mir zum Abschied einen Kuss?"

„Gegenfrage: Hast du mein Bett schon frisch bezogen?"

Freddy nickte.

„Macht nichts", sagte Charlie und nahm seine Hand. „Komm."

Charlie und Cora

„Weißt du, Charlie, wenn du nicht langsam wieder die Alte wirst, muss ich mir ernsthaft Sorgen um dich machen."

Guido schenkte ihr Kaffee nach. „Seit du zurück bist, muffelst du vor dich hin. Sonst haben wir doch auch immer im „Auerhahn" gefeiert, wenn du einen Fall erfolgreich abgeschlossen hast."

„Sonst habe ich nach einem erfolgreich abgeschlossenen Fall auch immer einen Scheck bekommen."

„Wenn es nur das ist, dann lade ich dich und Henning ein. Oder wir kochen für deinen Bruder und Antonia."

„Die will ich erst wiedersehen, wenn Sie Cora abholen", knurrte Charlie.

Cora spitzte ihre Ohren.

„Hund, du bleibst in deinem Korb!" befahl Charlie.

Cora legte sich wieder hin.

Guido schmunzelte. „Sie ist ausgeglichener, seit du zurück bist."

„Sie ist eben eine typische Frau. Schmeißt sich jedem an den Hals, der ein bisschen nett zu ihr ist."

Guido legte seine Stirn in Falten. „Na, dann hoffe ich mal, dass dieser Freddy in Heeger nicht auch ein bisschen nett zu dir war."

Charlie ärgerte sich, weil sie merkte, dass es ihr schwer fiel, Guidos Blick standzuhalten. Sie machte eine wegwerfende Handbewegung und grinste. „Ach, Freddy ist ein absolutes Ekel."

Guido lachte nicht.

Charlie stand auf. „Ich geh jetzt hoch in meine Wohnung, ich brauch meine Dröhnung Nikotin. Bis später."

Cora folgte ihr.

Charlie blieb am Treppenabsatz stehen und sah sich um.

„Hund, willst du wirklich mit deinen drei Beinen die Treppe hoch hinken?"

„Wuff."

„Dann komm."

Charlie ging in ihr Schlafzimmer und kramte in der Umhängetasche nach Annikas Tagebuch. Sie legte sich aufs Bett und drehte sich eine Zigarette. Nachdenklich rauchte sie. Dann schlug sie das Tagebuch auf.

Cora sprang neben sie.

„Ach, nein, doch nicht auf mein Bett", maulte Charlie. Sie seufzte. „Na, ist egal. Aber nur ausnahmsweise."

Sie ließ das Tagebuch wieder sinken. Inzwischen kannte sie die wichtigsten Passagen fast auswendig. Das machte die Wahrheit nicht weniger dramatisch.

Sie kraulte Cora und ging in ihrer Erinnerung zurück zu dem Tag, wo sie nach Stefans Verhaftung seine Mutter im Park gefunden hatte.

Frau Hofmeister hatte immer wieder geschrien: „Er war es doch nicht. Er kann nichts dafür."

Charlie hatte gedacht, dass Frau Hofmeister ihren Sohn meinte. In Wirklichkeit hatte sie von Daniel Kuhn gesprochen.

Annika war damals nicht von ihrem Freund schwanger gewesen, sondern von dem Mann, mit dem sie in ihrer Freizeit eng zusammengearbeitet und dem sie blind vertraut hatte, – bis zu dem Tag, an dem er sie vergewaltigte.

Wieder fragte sich Charlie, seit wann Frau Hofmeister davon wusste. Sie hatte ausgesagt, dass am Anfang alle Daniel die Schuld an Annikas Verzweiflung und ihrem Selbstmord gegeben hätten, weil sie dachten, er wäre der Vater ihres Kindes.

Irgendwann hatte Frau Hofmeister Annikas Tagebuch gefunden, offenbar erst einige Zeit nach dem Selbstmord.

Charlie fragte sich aber vor allem immer wieder, weshalb Frau Hofmeister Stefan und womöglich auch ihrem Mann nicht die Wahrheit über Annikas Baby gesagt hatte. Wollte Sie den Vergewaltiger schützen? Und wenn ja, warum? Warum tat eine Mutter so etwas? Weil er ein Mann der Kirche gewesen war?

Charlie seufzte. Cora leckte ihr die Hand.

„Hund, lass das! Du sollst nicht so tun, als ob du meine Gedanken lesen könntest!"

Sie drehte sich noch eine Zigarette. Nach dem ersten Zug sah sie Cora an, dann drückte sie die Zigarette wieder aus.

„Ein Hund, der nur drei Beine hat, sollte nicht noch mit Nikotin vergiftet werden."

Charlie stand auf. Sie war gespannt, was Frau Hofmeister bei ihrem Prozess aussagen würde. Von ihr, Charlie, würde jedenfalls niemand die Wahrheit erfahren. Annikas Tagebuch musste sie möglichst bald vernichten.

„Komm, Cora", sagte sie. „Lass uns eine Runde drehen."

Cora sprang vom Bett.

Als Charlie unten in Guidos Küche die Hundeleine vom Haken nehmen wollte, überlegte sie es sich plötzlich anders. „Weißt du was, Cora, dieses Scheißhundegesetz kann uns gestohlen bleiben. Wir geh'n ohne Leine!"

Guido schloss gerade seine Buchhandlung ab und hängte das Schild „Mittagspause bis 15 Uhr" ins Fenster, als Charlie und Cora zurückkamen. Sie trafen sich in der Küche.

„Wie war euer Spaziergang?" fragte Guido und streichelte die Hündin.

Charlie ging zu ihm. Sie legte ihre Arme um ihn.

Guido zog sie an sich. „Ich wünschte, du würdest mir erzählen, was dich bedrückt", sagte er leise.

„Lass uns heut Abend erst mal zu Henning gehn, ja?"

„Wenn du wirklich willst."

Charlie nickte.

In diesem Augenblick klingelte es. Cora bellte.

Guido gab Charlie einen Kuss, dann ließ er sie los und ging zur Tür.

Cora lief hinter ihm her. An ihrem freudigen Bellen erkannte Charlie, wer gekommen war.

„Hei, Schwesterherz, wie geht es dir?" Gabriel stellte einen Korb auf den Tisch. „Wir dachten, wir könnten zusammen essen."

Antonia umarmte Charlie. „Hoffentlich kommen wir nicht zu ungelegen. Aber ich hatte Sehnsucht nach Cora."

„Aha", knurrte Charlie.

Antonia lachte. „Und nach euch natürlich auch."

„Was habt ihr denn da Gutes mitgebracht?" fragte Guido und begutachtete den Inhalt des Korbes. „Ihr wart wohl auf dem Wochenmarkt."

„Ja", sagte Gabriel, „wir haben alles dabei für Gemüselasagne, sogar eine Flasche Wein, und hier, das ist für dich Charlie." Er hielt ihr einen Briefumschlag hin.

„Was ist das?"

„Na, sieh schon nach", forderte Antonia sie auf.

Charlie riss den Umschlag auf und zog einen Scheck heraus. „Fünfhundert Euro! Woher hast du so viel Geld?"

Antonia legte ihren Arm um Gabriel. „Er ist nachts Taxi gefahren."

„Nachts sollst du gefälligst schlafen, damit du tagsüber studieren kannst!" Charlie wurde wütend.

„Du hast uns aus einem ganz schönen Schlamassel geholt, und es tut mir leid, dass wir dir nicht mehr geben können", sagte Gabriel.

„Schließlich hättest du in den zwei Wochen einen lukrativen Auftrag annehmen können", fügte Antonia hinzu.

„So eine Scheiße!" Charlie knallte den Scheck auf den Tisch. „Den nimmst du sofort zurück. Kauf dir Bücher davon, oder macht euch meinetwegen ein schönes Wochenende, aber ich will dein Geld nicht."

„Charlie, komm, sei nicht so", bat Antonia.

„Nein! Ihr habt mich schließlich nicht gebeten, für euch zu schnüffeln. Es war meine Entscheidung. Und ich habe das nur getan, weil ich meinem Spezi Nölmann mal wieder unter die Nase reiben wollte, wie unfähig er ist."

Cora fing an zu bellen.

„Na, kommt, steckt den Scheck wieder ein, damit sich meine zwei Frauen endlich beruhigen."

Guido drückte Gabriel den Scheck in die Hand. Der sah fragend zu Antonia. Die nickte ihm zu.

„So, und jetzt machen wir euren Wein auf." Guido holte den Korkenzieher und Gläser. Dann öffnete er die Flasche und goss allen ein.

Antonia sah Charlie an. „Warum hast du dich nicht mal gemeldet, seit du zurück bist?"

„Ich hatte besseres zu tun."

Antonia sah zu Guido. Der zwinkerte ihr zu und hob sein Glas. „Prost erst mal. Auf Charlies Erfolg in Heeger. Hmm, köstlich."

Als alle schwiegen, nahm er den Korb vom Tisch und fragte: „Wer hilft mir beim Gemüseputzen?"

„Ich", sagte Gabriel.

Antonia setzte sich neben Charlie. „Wir waren ziemlich erstaunt, als wir von Guido hörten, dass du nach Heeger gefahren bist."

Sie legte ihre Hand auf Charlies Arm. „Danke noch mal. Ich glaube, das war nicht einfach für dich."

„Ach, alles ganz normal", knurrte Charlie. „Wann ist denn das Essen fertig?"

„Schätzungsweise so in einer Stunde.

„Okay, dann geh ich noch mal eine rauchen."

Als Charlie zurückkam, saßen die anderen bereits am Tisch. Sie setzte sich dazu. Antonia gab jedem eine Portion Lasagne.

„Hier", sagte sie zu Cora und hielt ihr einen Kauknochen hin, „du sollst auch nicht leben wie ein Hund."

Alle langten kräftig zu.

„War das Essen in Heeger auch so gut?" fragte Gabriel, „bestimmt hast du deinen geliebten Hummer vermisst."

Charlie schüttelte den Kopf. „Nee, in dem kleinen Landhotel, das übrigens auch „Zum Auerhahn" hieß, führte ein Drei-Sterne-Koch das Regiment."

„Ein Drei-Sterne-Koch in Heeger?" fragte Antonia überrascht.

Charlie nickte. „Ja, was ihn von Hamburg in dieses Kaff verschlagen hat, wollte er mir partout nicht verraten. Aber kochen konnte Freddy."

„Sogar Hummer?" bohrte Gabriel.

„Hör mir bloß auf mit Hummer. Mir ist kotzschlecht danach geworden."

„Ich kann noch nicht mal behaupten, dass mir das leid tut", grinste Gabriel.

Charlie sah ihren Bruder vorwurfsvoll an. „Warum hast du mir nie gesagt, dass die Hummer noch so lange leben?"

„Klar habe ich dir gesagt, dass die Hummer lebendig in kochendes Wasser geschmissen werden."

„Aber nicht, dass sie nicht sofort tot sind und noch versuchen, aus dem Topf zu krabbeln."

Gabriel zuckte mit den Schultern. „Ich denke, du wolltest es nur nicht hören."

„Wie dem auch sei", sagte Charlie, „nie wieder Hummer. Aber", sie sah Gabriel an, „Vegetarierin werde ich deshalb noch lange nicht!"

Alle lachten.

Gabriel flüsterte Antonia etwas zu. Sie nickte und ging zu Cora, die in ihrem Korb döste. Die Hündin hob erwartungsvoll ihren Kopf und bewegte ihre Ohren hin und her, während Antonia leise mit ihr sprach.

„Hey, was ist das hier für ein Getuschel?" rief Charlie.

„Geh zu deiner Herrin!" sagte Antonia, und Cora stand auf. Sie sah zu Antonia, dann lief sie zu Charlie und setzte sich neben sie.

„Was soll das denn jetzt? Nein, ich ahne es, kommt nicht in Frage."

„Charlie", sagte Gabriel, „wir möchten, dass du Cora behältst."

„Auf keinen Fall, was soll ich mit einem Hund, noch dazu mit einem, der nur drei Beine hat? Ihr zwei seid die Experten für Tierkrüppel. Außerdem, selbst wenn ich wollte, Guido ist garantiert froh, wenn er sich nur noch mit mir rumärgern muss, nicht wahr, Guidolein?"

„Guido ist einverstanden", sagte Antonia.

„Moment mal, heißt das, ihr drei habt das schon abgesprochen und wollt mich jetzt vor vollendete Tatsachen stellen? Keine Chance!"

„Cora liebt dich", sagte Gabriel schlicht.

Er nahm Antonias Hand. Die nickte und schluckte. „Bitte, Charlie", sagte sie, „Cora ist bei dir sicherer als bei uns."

Cora, die immer wieder ihren Namen hörte, sprang unruhig auf.

„Da habt ihr's", sagte Charlie wütend, „ihr macht das Tier ganz fertig. Na, wartet, das wollen wir doch mal sehen. Cora, geh zu deiner Herrin!"

Die Hündin setzte sich wieder neben sie.

„Ich brauch erst mal meine Dröhnung Nikotin", sagte Charlie. Bevor sie aufstehen konnte, gab Guido ihr Feuer und stellte ihr einen Aschenbecher hin.

Alle sahen Charlie an.

Die nahm ein paar tiefe Züge, dann sagte sie: „Na, ja, schließlich kann man so einem armen Tier nicht zumuten, mit Leuten zusammenzuleben, bei denen die Polizei aus und ein geht. Was meinst du, Hund?"

„Wuff!" sagte Cora.

Epilog

Mit heulenden Sirenen raste der Rettungswagen durch Heeger.

Nervös blickte der Arzt auf den Monitor, der die vitalen Funktionen der etwa 60-jährigen Frau anzeigte. Blutdruck und Puls bewegten sich in beängstigenden Tiefen.

Der Arzt strich ihr das dunkle, glatte, mit Silberfäden durchzogene Haar, das ihr bis auf die Schultern reichte, aus dem Gesicht und leuchtete in ihre Pupillen. In diesem Moment erklang ein schriller Piepton.

Der Sanitäter sprang auf.

Während er den Kopf der Patientin überstreckte, begann der Arzt mit der Herzdruckmassage. „Jetzt!" schrie er.

Der Sanitäter blies seinen Atem in die Lunge der Frau.

Ihre Rippen brachen unter der Wucht, mit der der Arzt immer wieder auf ihren Brustkorb drückte, um ihr Herz zum Schlagen zu bringen.

„Komm schon! Komm!" keuchte er.

Seine Kraft drohte zu erlahmen. Er biss die Zähne zusammen. „Verdammt! Wir sind doch gleich da. Komm endlich zurück!"
Mit aller Kraft drückte er erneut auf ihren Brustkorb. „Eins, zwei, drei ..."

Endlich begann die Frau wieder zu atmen.

Erschöpft wischte sich der Arzt den Schweiß von der Stirn. „Das war verdammt knapp."

Er wandte sich an den Polizisten. „Wie konnte die Gefangene überhaupt an eine Glasscherbe kommen?"

Der Polizist zuckte mit den Achseln und fluchte leise.
„Ich fürchte, das wird für Ihre Kollegen im Untersuchungsgefängnis ein Nachspiel haben", sagte der Arzt.

In diesem Augenblick bog der Rettungswagen in die Auffahrt vom Krankenhaus ein.

Der Arzt sah voller Mitgefühl auf die zierliche Frau hinunter.

Vor langer Zeit musste sie einmal sehr schön gewesen sein.

Zeitfracht Medien GmbH
Ferdinand-Jühlke-Straße 7
99095 Erfurt, Deutschland
produktsicherheit@kolibri360.de